影视剧作理论与技巧

智 琛 著

东北大学出版社
·沈 阳·

© 智 琛 2024

图书在版编目(CIP)数据

影视剧作理论与技巧 / 智琛著. -- 沈阳：东北大
学出版社，2024. 11. -- ISBN 978-7-5517-3707-4

Ⅰ. I053.5

中国国家版本馆 CIP 数据核字第 2024RS4931 号

────────────────────────────

出 版 者：东北大学出版社
　　　　　地址：沈阳市和平区文化路三号巷 11 号
　　　　　邮编：110819
　　　　　电话：024-83683655(总编室)
　　　　　　　　024-83687331(营销部)
　　　　　网址：http://press. neu. edu. cn
印 刷 者：沈阳市第二市政建设工程公司印刷厂
发 行 者：东北大学出版社
幅面尺寸：185 mm×260 mm
印　　张：8.25
字　　数：140 千字
出版时间：2024 年 11 月第 1 版
印刷时间：2024 年 11 月第 1 次印刷
责任编辑：周　朦
责任校对：王　旭
封面设计：张田田　潘正一
责任出版：初　茗

────────────────────────────

ISBN 978-7-5517-3707-4　　　　　　　定　价：45.00 元

前　言

　　在浩瀚的视听艺术海洋中，影视剧作以其独特的魅力跨越时空的界限，触动着每名观者的心灵。影视剧不仅是一种娱乐形式，更是一门能够触动人们心灵、引发思考、反映社会的艺术。

　　影视剧作理论为创作者提供了坚实的基础和重要的指引，它涵盖从故事构思到结构搭建、从人物塑造到情节推进的各个方面。通过对这些理论的学习和理解，能够洞察优秀影视剧作背后的逻辑与规律。而影视剧作技巧是将理论付诸实践的具体方法和手段，它涉及台词的雕琢、镜头语言的运用、场景的布置等众多细节。巧妙的技巧运用可以让故事更加生动鲜活、真实可感，使观众沉浸其中，与剧中的人物和情节产生强烈的共鸣。因此，深入探究影视剧作的理论与技巧，对于影视剧作的创作具有重要的指导意义。

　　本书主要研究影视剧作的理论与技巧。首先从影视剧作理论概述入手，然后梳理影视剧作的创作流程，接着分析影视剧作的结构与布局，随后论述影视剧作的创作技巧，最后探索影视剧作的改编与创新实践。希望通过本书的介绍，能够为读者在影视剧作理论与技巧方面提供帮助。

　　在写作过程中，著者参阅了相关文献资料，在此谨向其作者深表谢忱。

　　由于著者水平有限，疏漏在所难免，希望得到广大读者的批评指正，并衷心希望同行不吝赐教。

著　者

2024 年 7 月

目　录

第一章　影视剧作理论概述

第一节　影视剧作的概念与特点

一、影视剧作的定义

影视剧作是一类专门为影视媒体创作的叙事作品，涵盖电影、电视剧、纪录片等多种形式。电影作为最具代表性的形式，通过大银幕上的画面和声音，提供沉浸式的观影体验；电视剧通过分集的方式，逐步展开故事情节，形成持续的观赏体验；纪录片基于真实事件，通过影像记录和编辑，呈现更具真实性和纪实性的叙事效果。这些作品都依托视觉和听觉手段来传达故事及情感，创作者利用多样的叙事手法和表现形式，满足不同观众的需求。

影视剧作通过视觉和听觉来呈现故事。画面作为最直观的叙事工具，不仅传递情节和背景，还通过色彩、光影等视觉元素营造特定氛围。声音元素包括背景音乐、音效和对白，通过与画面的协同作用，进一步增强叙事效果。背景音乐能够渲染情感，音效能够增强真实感，对白则是角色交流情感和信息的重要手段。这些元素的有机结合使影视剧作在有限的时间内高效传达复杂的故事和丰富的情感，使观众产生共鸣。

二、影视剧作的基本要素

（一）情节

影视剧作的情节决定了故事的发展和事件的顺序。情节在影视剧作中起到骨架的作用，它不仅决定故事的走向，还影响观众的情感起伏。通过合理地安排事件的顺序和节奏，情节能够确保每个事件的发生都符合逻辑与情感的推动，使故事具有内在的必然性和外在的冲击力。精心设计的情节能够使观众在观看过程中产生共鸣，感受故事的深度和层次，进而更深入地投入到剧情中。

为了使情节具有吸引力，编剧需要在故事中设置起伏和转折。起伏和转折不仅旨在制造惊喜和悬念，更是为了推动故事的发展和促进角色的成长。通过巧妙的情节安排，观众能够在情感上经历一个个高峰和低谷，从而保持对故事的持续性关注。转折点的设计应当合理且具有冲击力，使观众既能感受意料之外的变化，又能理解变化背后隐藏的逻辑和情感动机。这样才能使观众在情感上持续投入，并对故事产生浓厚的兴趣。

情节的逻辑性和连贯性是衡量影视剧作质量的重要标准。好的情节应是无缝衔接的，每个事件的发生都有其合理的动机和结果。编剧在设计情节时，需要时刻注意对细节的处理，避免出现逻辑漏洞和不合理之处。这不仅包括主要情节的发展，还包括对次要情节的处理和背景信息的交代。通过精心的策划和反复的推敲，确保情节的每个环节都合情合理，使观众在观看过程中能够全身心地投入到故事中，而不会因为逻辑漏洞产生困惑和不满情绪。

（二）角色

角色不仅是故事的执行者，更是情节的推动者。角色的言行举止、心理活动和情感变化能够深刻影响故事的发展及观众的情感体验。角色的行动和决策常常是情节发展的关键因素，通过其互动与冲突，故事的主线和副线得以展开，情节的张力与悬念也得以维持。因此，编剧在进行角色设计时，必须考虑其在情节推进中的具体功能和作用，以确保其有效地推动故事情节的发展。

在影视剧作中，角色的个性和背景是其行为和决策的根基。角色的个性可以通过语言、行动和心理描写来展现。例如，一个经历过战争的退役军人，其行为和决策可能会受战争经历的深刻影响，从而在面对冲突时表现出与常人不同的反应。通过赋予角色鲜明的个性和独特的背景，编剧可以使角色的行为与决策更加可信，同时能增强角色的层次感和复杂性，进一步丰富故事的内涵。

影视剧作中的角色可大致分为主要角色和次要角色，二者在故事中的定位及功能各有不同。主要角色通常是故事的核心，其目标和动机直接影响故事的主线发展。主要角色的成长、变化和冲突是故事情节的主要驱动力。次要角色则起到辅助和衬托的作用。次要角色可以提供重要的信息、促进关键情节转折或丰富故事背景。明确主要角色和次要角色的定位和功能，有助于编剧在创作过程中保持故事结构的清晰与合理，确保每个角色都能在故事中发挥其应有的作用，共同推动故事情节的发展。

（三）场景

在影视剧作中，场景既是故事发生的具体地点，也是视觉呈现的基本单位。

精心设计的场景不仅能够传达丰富的情感，还能使观众容易沉浸于剧情之中。通过对不同场景的细腻刻画，观众可以感受故事的张力和视觉冲击力。

在进行场景设计时，实际拍摄的可行性和视觉效果是需要重点考虑的两个方面。实际拍摄的可行性涉及场景的搭建成本、拍摄地点的获取难度及拍摄过程中可能遇到的技术问题。例如，在繁华的商业区进行拍摄，虽然可以增强真实感，但是需要考虑拍摄许可、交通管制等实际问题。视觉效果是为了确保场景能在荧幕上呈现出最佳状态，采用光影、色调、布景等手段，使场景具有独特的视觉魅力。

场景的选择和布置应当与情节和角色的设定紧密结合，从而增强故事的真实感和观赏性。成功的场景不仅是一个背景，更是故事的一部分，能够对情节的发展和角色的心理状态产生影响。例如，在古代宫廷剧中，皇宫的场景设计应体现出庄严与肃穆，且不乏奢华的细节，这样才能与角色的身份和情节的需要相契合。如果场景设计与故事和角色脱节，不仅会削弱观众的代入感，而且可能导致剧情的割裂和不连贯。

（四）对话

影视剧中的对话是角色之间交流的核心手段，具有推动情节发展的重要作用。角色之间的对话不仅可以传达关键信息和情感，还能有效地引导剧情进展。成功的对话能够让观众深入理解角色动机和情感变化，从而更好地融入故事背景。例如，在悬疑剧中，侦探与嫌疑人之间的对话往往通过一问一答的形式逐步揭示案件的真相，使观众在跟随剧情发展的同时，体验逐步解密的快感。因此，编剧在设计对话时，需要仔细斟酌每句话的用意和产生的效果，确保对话能有效推动故事情节的发展。

角色之间的对话不仅是信息传递的工具，更是其个性和背景的体现。每个角色都有其独特的经历、性格和价值观，这些会在其语言中有所反映。例如，一个受过良好教育的角色可能会使用较为正式和复杂的语言，一个街头混混的角色则可能更喜欢使用俚语和粗俗的表达方式。通过对话，观众能够更深入地了解角色的内心世界，理解其动机和情感变化。编剧需要深入挖掘角色的背景和个性，使其对话既真实可信，又富有表现力，从而使观众更容易对角色产生认同和共鸣。

在影视剧作中，对话的简洁性和有力性至关重要。冗长和重复的对话不仅会拖慢剧情的节奏，还会使观众感到乏味和厌烦。有效的对话应言简意赅，直击要点，同时具有足够的情感张力。例如，在一部紧张的动作片中，角色之间的对话往往简短而有力，通过几句简练的对话就能传达出紧迫感和危机感。这不仅能够保持观众的注意力，还能营造剧情的紧张氛围。因此，编剧在设计对话时，需要精确斟酌每句话的长度和内容，确保其简洁有力。

三、影视剧作的艺术特性

（一）视觉艺术特性

影视剧作作为一种视觉艺术，通过画面的构图、色彩、光影等元素传达情感。画面的构图是指在画框内对人物、景物和道具的安排与组合，它不仅关乎美学，还关乎如何引导观众的视线，突出叙事的核心。构图的选择可以表达角色的心理状态、关系的变化及情节的发展。例如，紧凑的构图可以传达紧张和压迫感，宽阔的构图则可以传达自由和开放的情感。色彩在影视剧中具有重要的情感传达功能。不同的色调和色彩搭配可以引起观众不同的情感反应。暖色调（如红色和黄色等）通常与激情、能量和温暖相关，冷色调（如蓝色和绿色等）则常与沉静、冷漠和神秘相关。色彩的运用不仅是视觉上的享受，更是对情感的塑造。光线的强弱、方向和质感可以影响画面的美学效果及情感传达。高对比度的光影处理可以制造戏剧性和紧张感，柔和的光线则能营造温馨和浪漫的氛围。影子的运用也能增强画面的层次感和深度。例如，在经典的黑白电影中，通过光影的巧妙运用，可以增强影片的视觉冲击力和情感表达。

镜头语言是影视剧作的核心，导演通过不同的镜头角度、镜头的运动和剪辑来营造视觉效果及叙事节奏。镜头角度包括俯拍、仰拍、平视等。不同的镜头角度能够传达不同的情感和信息。俯拍镜头可使被摄对象显得渺小和无助，仰拍镜头可以增强角色的威严和力量感，平视镜头常用于表现角色之间的平等关系和对话场景。镜头的运动是镜头语言的重要组成部分，包括推拉、摇移、跟拍等。镜头的运动能够引导观众的注意力，增强画面的动感和节奏感。例如，推镜头可以逐渐揭示细节，增强悬疑感；跟拍镜头则可以让观众感受角色的视角和行动的紧迫感。镜头运动的巧妙运用能够使影片的叙事更加流畅，以及更具有视觉冲击力。剪辑是镜头语言的重要手段，通过镜头的切换和组合，导演可以控制影片的节奏及情感基调。快速剪辑可以制造紧张和急迫感，慢速剪辑则可以延长情感的表现和观众的思考时间。剪辑的节奏和频率不仅影响观众的视觉体验，还能增强叙事的连贯性和冲击力。

场景设计不仅是背景的呈现，更是环境的具象化。通过场景设计，导演可以构建符合叙事需求的空间。例如，科幻电影中的未来城市、历史剧中的古代宫殿等都需要通过精心设计和布置来实现。场景的细节（如家具的摆放、墙面的装饰等）能增强故事的真实感和环境的沉浸感。服装和道具也是影视剧视觉特性的关键元素。服装设计不仅要符合角色的身份和性格，还要与影片的时代背景和整体风格相一致。道具的选择和使用同样重要。道具可以成为叙事的线索，具有象征意义，甚至推动故事的发展。综合运用视觉元素，导演能够创造出既真实又富有艺术性的影视世界，增强观众的代入感和情感共鸣。通过场景设计、服装和道具的巧妙结合，影视剧不仅讲述故事，更能构建完整的、令人信服的视觉世界。

（二）听觉艺术特性

影视剧作不仅依靠视觉元素来传达故事，更通过听觉元素来增强叙事的层次和情感表达。对白作为直接的语言交流工具，不仅能传递信息，而且能揭示角色的内心世界和情感状态。恰当的对白设计可以为角色赋予生命力，帮助观众更好地理解和感受角色的动机与情感波动。音乐和音效在影视剧作中也起着至关重要的作用。音乐不仅能营造特定的情感氛围，而且能在无声的画面中传递丰富的情感信息。音效则通过逼真的声音再现，增强观众的沉浸感和现场感，使剧情更加生动与真实。

在影视剧作中，音乐和音效的使用往往是为了增强特定场景的氛围。例如，在悬疑片中，紧张的背景音乐和突如其来的音效能够迅速增强观众的紧张感与期待感；在爱情片中，柔和的背景音乐和自然环境音效可以营造温馨、浪漫的氛围，令观众陶醉其中。不同类型的音乐和音效能够引导观众的情绪变化，帮助观众更深刻地体验剧情的起伏及角色的内心世界。通过精心设计的听觉元素，影视剧作不仅能够丰富叙事的层次，还能在视觉元素之外，为观众提供更多层次的艺术享受。

对白作为影视剧作中的核心元素，不仅需要传递剧情信息，还应紧密贴合角色的个性和具体情境。优秀的对白设计能够使角色更加立体、生动，使观众更容易与角色产生共鸣。例如，一个性格内向、细腻的角色，其对白可能会偏向内心独白和深思熟虑；一个性格外向、直率的角色，其对白可能更加直接、富有冲击力。通过巧妙设计对白，编剧可以有效推动故事情节的发展，揭示角色的内心世界和情感变化。此外，对白的节奏、语气和用词等也需要精心打磨，确保其符合角色的身份及当前的情境，从而提高整体的叙事质量。

（三）综合艺术特性

影视剧的独特之处在于它不仅依赖文字叙述，还通过视觉和听觉的双重通道传递信息与情感。在视觉方面，导演通过镜头语言、画面构图、色彩运用等来传达故事的氛围和情感，使观众能够获得身临其境之感。在听觉方面，背景音乐、音效及对白的精心设计至关重要，它们不仅能增强观众的情感体验，还能在一定程度上引导观众的情绪发展。例如，在一部惊悚片中，紧张的背景音乐和突然的音效可以极大地增强观众的恐惧感。因此，影视剧作必须充分利用视觉和听觉的综合作用，以达到更好的叙事效果。

演员的表演在影视剧作中占据重要的位置。优秀的演员能够通过细腻的表情、准确的肢体语言和真挚的情感表达，将剧中人物的内心世界及情感状态展现得淋漓尽致，从而使角色更加立体和真实。演员的表演不仅是对剧本的再现，更是对角色的二次创作。通过演员的表演，观众能够更好地理解角色的动机和情感变化，从而更深地投入到故事中。例如，在一部爱情片中，主演之间的情感互动能够让观众感同身受，从而产生强烈的共鸣。

为了确保影视剧作的艺术特性在各个环节中保持一致，形成统一的艺术风格，剧作的各个方面必须密切合作，从剧本创作、导演指导、演员表演到后期制作，每个环节都需要精心打磨。在剧本创作阶段，编剧需要明确故事的主题和风格，并在剧本中将其体现出来。导演在拍摄过程中，需要根据剧本的风格选择合适的拍摄手法，确保影片整体风格的一致性。演员在表演时，需要与导演和编剧紧密合作，理解角色的定位和风格，使表演与整体风格相协调。后期制作包括剪辑、配乐和特效等环节，也需要与前期创作风格保持一致。只有各个环节紧密配合，才能形成统一的艺术风格，使影视剧达到最佳的叙事效果。

四、影视剧作的类型与风格

（一）类型划分

根据题材和叙事方式的不同，影视剧作可以分为多种类型，如剧情片、喜剧片、科幻片、动作片等。剧情片通常以复杂的角色发展和深刻的情感体验为核心，注重对人性和社会问题的探讨；喜剧片通过幽默和滑稽的情节设计来引发观众的共鸣；科幻片利用超自然现象和未来科技的设定，探索人类在未知世界中的可能性和挑战；动作片以紧张刺激的打斗和追逐场景为特色，追求视觉上的冲击力与娱乐性。

影视制作类型的划分不仅为观众提供了便利，也为创作者提供了明确的创作框架和参考。观众可以根据自己的兴趣和需求轻松筛选出符合期待的影视作品，创作者则可以根据类型的特点进行创作。不同类型的影视作品在主题、节奏、叙事方式等方面有其独特的要求和标准。例如，科幻片需要在视觉效果和未来设定上进行大量的创意投入；喜剧片则要在台词和情节上注重对幽默感的表达。通过类型划分，创作者能够更好地了解观众的期望，从而在创作过程中做出更有针对性的选择和调整。

每种类型的影视剧作都有其特定的叙事模式和表现手法。剧情片往往采用线性叙事，重视角色的心理变化和情感发展；喜剧片喜欢使用夸张和反差的手法，通过巧妙的情节设计制造笑点；科幻片通常依赖强大的视觉特效和新奇的世界观设定，以增强影片的观赏性和震撼力；动作片强调节奏的紧凑和场面的宏大，通过高强度的打斗和追逐场景来吸引观众的注意力。这些创作规律能够帮助创作者更有效地实现影视作品的艺术效果和达成市场价值。

（二）风格特点

影视剧作的风格是其艺术表现的灵魂，是作品在视觉、叙事、表演等方面所体现出的艺术特点。视觉风格可以通过画面的构图、光影运用和色彩搭配等手法来表现，营造不同的视觉效果；叙事风格体现在故事的结构、节奏和叙事手法上，通过独特的叙事方式，使故事更加引人入胜；表演风格与演员的表现形式、台词的处理等密切相关，通过演员的精湛演技和对角色的深刻理解，丰富作品的情感层次。每部影视作品都要通过其风格特点，增强观众的视觉和听觉体验，深化主题的表达，塑造出独一无二的艺术气质。

影视剧作的风格特点可以通过多种艺术元素来表现。画面是视觉风格的基石，通过镜头的运动、景别的选择、光影的运用等手段，导演可以营造出不同的视觉效果。声音不仅包括对白和背景音乐，而且涵盖环境音效和音频的空间感，这些都能为观众营造特定的氛围。色彩的使用在影视作品中也至关重要，不同的色调可以传达不同的情感。节奏影响观众的观影体验，通过剪辑的节奏、场景转换的速度等，作品可以在紧张与舒缓之间自由切换，增强叙事的张力和感染力。这些元素的巧妙结合使每部作品都能在艺术表现上独具特色。

不同的风格特点往往适应不同的题材和受众，形成独特的艺术效果。例如，悬疑题材的影视剧通常采用暗色调和快速剪辑，以营造紧张和神秘的氛围；浪漫爱情剧常常使用明亮的色彩和柔和的画面，营造温馨与梦幻的氛围。对于儿童观众，色彩鲜艳、节奏明快的动画片容易吸引他们的注意力，而成人观众则可能青睐具有深度和复杂叙事的剧情片。通过对风格特点的巧妙运用，创作者能够精准地触达目标观众，并传递作品的核心思想。

第二节　影视剧作的功能与价值

一、影视剧作的文化传播功能

（一）文化价值

影视剧作作为一种文化表达形式，具有传递文化价值观和社会理念的能力。通过精心设计的剧情和富有深度的角色，影视剧作能够在观众心中植入特定的文化信息与价值观念。例如，一部关于家庭伦理的电视剧可以通过展现家庭成员之间的互动和冲突，向观众传达家庭的重要性及亲情的力量；一部战争题材的电影可以通过展现战争的残酷和人性的光辉，向观众传递和平与正义的理念。影视剧作的文化传播功能使其成为社会教育和文化传承的重要工具。

影视剧作不仅是文化价值的传递者，还是文化认同和价值观塑造的重要载体。通过观众对剧中角色与情节的情感投入，影视剧作能够潜移默化地影响观众的文化认同和价值观念。例如，一部反映社会正义的电视剧能够激发观众对公平和正义的认同感；一部弘扬民族精神的影片能够增强观众对民族文化的归属感和自豪感。通过这种方式，影视剧作不仅能反映社会的文化现状，还能在一定程度上引导观众的思想和行为。

（二）传播渠道

影视剧作的传播渠道多样化，涵盖传统和现代的多种形式，如电影院、电视台和网络平台等。这些渠道具备各自的传播特点和优势，从而使影视剧作能够覆盖广泛的观众群体。电影院作为经典的传播渠道，提供了沉浸式的观影体验，吸引了大量的影迷；电视台凭借其广泛的覆盖面和家庭观影的便利性，成为许多观众的首选；网络平台因其灵活性和便捷性，满足了现代观众随时随地观看影视剧作的需求。

多样化的传播渠道不仅扩大了影视剧作的受众范围，还显著提升了其传播效果和影响力。电影院的高质量音效和大屏幕展示使观众能够享受最佳的视听体验，增强影片的视觉冲击力和情感感染力。电视台通过定期播出和广告宣传，实现了影视剧作的广泛普及。网络平台的迅速发展，特别是视频点播和流媒体服务的普及，使观众可以自主选择观看时间与内容，大大增强了观看的便捷性和灵活性。

不同的传播渠道由于其自身的特点和受众群体的差异，需要在创作和推广上采取针对性的策略。电影院的观众群体通常更注重影片的视觉效果和故事情节，因此在剧作上需要加强视听元素与情节张力。电视台的观众倾向于家庭娱乐和日常观看，因此，剧作需要兼顾家庭成员的观赏需求，内容上应更为轻松和多样化。网络平台的观众多为年轻人和白领阶层，他们偏好创新、个性化及互动性强的内容，因此，剧作应注重新颖的题材和互动体验，同时利用社交媒体进行推广，以提升观众的参与度与传播热度。

二、影视剧作的社会教育功能

（一）社会责任

通过精心设计和编排的故事情节，影视剧作能够传达正面的价值观和积极的社会态度。创作者在编写剧本时，可以通过角色的塑造、情节的发展、冲突的解决等手段，向观众传递诸如诚信、勇气、友爱、责任感等正能量价值观。这种潜移默化的教育方式能够在观众心中产生深远的影响，帮助他们在日常生活中树立正确的世界观、人生观和价值观。

影视剧作不仅是情感和故事的载体，而且是反映和探讨社会问题的重要媒介。通过对现实生活中存在的各种社会问题的艺术化呈现，影视剧作可以引起公众对这些问题的关注和思考。例如，涉及环境保护、性别平等、贫富差距、教育公平等主题的影视作品，能够在观众中引发共鸣和讨论，从而推动社会进步。创作者通过对社会问题的深入探讨和表现，可以引导观众重新审视自身所处的社会环境，激发他们参与社会事务的热情和责任心。

影视剧作的创作者在进行创作时，必须具备高度的社会责任感和敏锐的社会洞察力。创作者需要时刻关注社会现实，了解当下社会的热点问题和大众的关注点，并将其巧妙地融入作品中。同时，创作者需要对社会现象进行深刻的思考和批判，避免简单化和表面化地处理作品，确保其在艺术性和思想性上的高度统一。只有这样，影视剧作才能真正发挥其社会教育功能，成为引导社会风气、促进社会和谐的重要力量。

（二）教育意义

通过生动的故事情节和形象的人物塑造，影视剧能够有效地传递各种知识和经验。无论是对历史事件的再现、科学知识的普及，还是对社会问题的探讨，影视剧都能以直观且感染力强的方式，使观众在获得娱乐的同时，增长见识、开阔眼界。例如，《大国崛起》等历史题材的电视剧，通过对重大历史事件的再现，使观众深入了解国家发展的历程和背后的历史逻辑。

角色和情节是影视剧的核心元素，能够对观众的思想和行为产生潜移默化的影响。成功的角色形象不仅是剧情的推动者，更是观众情感的寄托者。通过角色的成长、选择和遭遇，观众能够在情感上产生共鸣，从而受到启发与教育。例如，电影《肖申克的救赎》通过主人公安迪的坚韧与智慧，传递了关于希望和自由的深刻思考，进而激励无数观众面对困境时要坚持不懈、迎难而上。

影视剧的教育功能对创作者提出了较高的要求，特别是在内容的科学性和正确性方面。创作者需要在剧本创作过程中进行翔实的调研和考证，确保所传递的信息与知识是准确无误的。只有这样，影视剧才能真正起到教育和启迪的作用。例如，在医疗题材的影视剧中，如果缺乏对专业知识的严谨态度，就可能传播错误的医学常识，甚至对观众产生误导性影响。因此，创作者必须以高度的责任感来精心打磨作品的每个细节，确保教育意义的实现。

（三）道德引导

作为一种大众文化产品，影视剧作具备强大的传播力和影响力。通过精心设计的故事和角色，影视剧作能够潜移默化地向观众传递道德观念和价值判断。成功的影视剧作不仅是娱乐的工具，还可以成为社会教育的重要载体。在影视剧作中，角色的行为、情感和选择往往反映了某种道德立场，通过具体的情节和人物，观众能够感受某种道德观念的深刻内涵，并且进行自我反思和价值判断。例如，影片中主人公的正义行为和道德抉择，能够激发观众对正义、善良等美德的认同及追求。

影视剧作通过精心设计的情节，引导观众对道德问题进行深刻思考和判断。情节设计不仅是为了制造戏剧冲突和吸引观众的注意力，更重要的是通过情节的推进和转折，使观众在观看过程中经历情感的共鸣与思维的碰撞。例如，在一部关于环保题材的电影中，展示环境破坏的后果和人物为保护环境所做出的努力，可以引导观众思考环境保护的重要性和个人责任。情节设计通过多层次、多角度的呈现，使观众在情感上产生共鸣，并在理性上进行道德判断，从而达到教育和引导的目的。

要实现影视剧作的道德引导功能，创作者在创作过程中需要高度重视对价值观的正确引导和传递。创作者只有具备正确的道德观念和价值判断，才能在作品中体现出积极向上的道德引导。在剧本创作、角色设置和情节设计等各个环节中，创作者应注重对道德观念的体现与传递。例如，在角色塑造方面，创作者可以通过让正面角色表现出高尚的道德品质和行为，反面角色则展示不道德的行为及其后果，从而引导观众进行正确的道德判断。创作者还需要考虑观众的接受能力和社会背景，避免过于说教或偏激，应以一种潜移默化的方式进行道德引导，使观众在娱乐中自然地接受道德教育。

三、影视剧作的娱乐与休闲价值

（一）娱乐功能

影视剧作因其强大的娱乐功能，能够吸引观众的注意力，并为观众提供轻松愉快的观赏体验。通过设计引人入胜的情节、塑造生动的角色和创造多样的场景，影视剧不仅能够吸引观众的注意力，还能够使观众在观赏过程中获得极大的愉悦感。这种愉悦感不仅来源于故事本身的趣味性，还来自观众在观看过程中产生的情感共鸣和心理满足。例如，成功的喜剧片可以通过幽默风趣的对白和夸张的肢体表演，迅速吸引观众的注意力，并在短时间内使观众感到轻松与快乐。

紧张刺激的情节设计可以提升影视剧作的娱乐功能。通过设置悬念、制造冲突和安排高潮，影片能够持续吸引观众的注意力，并让其在观赏过程中经历情感的起伏。动作片和惊悚片通常会运用快速剪辑、逼真的特效和扣人心弦的音效来营造紧张氛围，从而让观众沉浸其中。同时，幽默风趣的对白是增强影视作品娱乐性的有效手段。通过角色之间的诙谐对话和机智回应，影视作品不仅能够增强情节的趣味性，还能使观众在笑声中放松心情。精彩的视觉效果（如华丽的场景设计和精湛的特效制作等）也能极大地增强影视作品的观赏性和娱乐性。

为了充分发挥影视剧作的娱乐功能，创作者在创作过程中应时刻关注情节的吸引力和娱乐性。在剧本编写阶段，编剧需要精心设计故事的结构和情节发展，确保每个情节点都有足够的吸引力，能够引发观众的关注。在导演和演员的表演环节，导演需要通过巧妙的镜头语言和演员的生动演绎，将剧本中的情节及角色生动地呈现出来。后期制作中的剪辑和配乐也需要精益求精，以确保影视作品的节奏感与情感张力能够最大限度地传达给观众。只有在各个环节都充分考虑情节的吸引力和娱乐性，才能创造出真正具有强大娱乐功能的影视作品。

（二）休闲方式

作为一种重要的休闲方式，影视剧作能够丰富观众的业余生活，为观众提供感官和心理的双重享受。在当今社会，影视剧作不仅是消磨时光的娱乐手段，更是重要的文化消费品。通过生动的故事情节、丰富的人物形象和逼真的视听效果，影视剧作满足了观众在视觉与听觉上的需求。同时，情感共鸣和心理投射使观众获得深层次的心理满足。观众在观赏影视剧作时，能够暂时脱离现实生活中的压力和烦恼，达到放松身心的效果。

随着科技的发展和媒体传播渠道的多样化，观众可以通过各种不同的途径来享受影视剧作。传统的电影院为观众提供了大屏幕和高质量音响效果，使其沉浸在影片的世界中。电视通过定时播放和点播服务，使观众在家中就能方便地欣赏丰富多彩的影视内容。近年来，网络视频平台的兴起更是极大地改变了观影方式，使观众能够随时随地通过电脑、平板、手机等设备观看影视剧作。这种多样化的观看渠道不仅极大地方便了观众，也对影视剧作的传播起到了积极的推动作用。

为了满足观众的休闲需求，影视剧作的创作者需要深入研究和理解观众的观赏习惯与需求。不同的观众群体有不同的偏好和兴趣，如年轻观众更喜欢节奏快、情节紧凑的影片，年长观众则倾向于剧情深刻、富有教育意义的作品。创作者需要灵活运用各种叙事手法和视听语言，以增强作品的吸引力和观赏性。通过紧张的剧情、精彩的特效和富有情感的表演，创作者可以吸引观众的注意力，并使他们产生兴趣。同时，不断创新、探索新的题材和表现形式，也是满足观众不断变化需求的重要手段。

（三）观众参与

影视剧作的核心价值在于通过互动和参与，增强观众的观赏体验与情感投入。互动性不是观众被动地接受信息，而是通过多种形式的参与，使观众在观影过程中产生更深层次的情感共鸣。互动体验能够使观众在与剧情、角色的交流中产生共鸣，从而增强对影视作品的认同感。创作者在设计剧作时，需要充分考虑如何通过剧情的发展、角色的设定及细节的处理来激发观众的情感参与。

观众的参与可以通过多种途径来实现。观影后的讨论是最直接的方式之一，通过与他人分享观影感受、分析剧情发展，观众不仅能够加深对作品的理解，还能够在交流中激发新的思考。社交媒体提供了便捷的平台，观众可以通过评论、点赞、分享等方式表达自己的观点，甚至直接与创作者或演员进行互动，形成双向交流。衍生产品的消费也是观众参与的重要方式，购买与影视剧作相关的周边产品，如图书、纪念品等，不仅能满足观众的物质需求，也能增强其对作品的情感归属。

为了实现观众的深度参与，创作者在创作过程中应高度重视观众的反馈和互动体验。创作者应通过多种渠道收集观众的意见和建议，了解观众对剧情、角色、情节设定等方面的看法，并在创作中适当调整及优化，以满足观众的期望和需求。创作者还应设计能够激发观众情感互动的情节和场景，利用悬念、冲突、情感高潮等方式，吸引观众持续关注与讨论。通过这种双向互动，创作者不仅能够提高作品的质量，还能够形成良好的观众基础和口碑效应，为影视剧作的长远发展奠定坚实的基础。

四、影视剧作的艺术审美价值

（一）美学特征

影视剧作独特的美学特征通过画面、声音、表演等多种元素的巧妙融合，形成了一种综合性的艺术体验。这些元素不是简单的堆砌，而是通过精心设计和协调，创造出独特的艺术效果，使观众在视觉、听觉和情感上获得多重美感。

1. 视觉美学

通过对色彩、构图、光影等因素的运用，创作者可以传达特定的情感和氛围。例如，冷色调往往用于表现紧张、忧郁的情节，暖色调则多用于温馨、愉快的场景。在构图设计方面，通过对人物和场景的安排，引导观众的视线，强调剧情的重点与细节。光影的运用不仅能增强画面的层次感，还能通过明暗对比，突出人物的性格和情绪变化。

2. 听觉美学

音乐和音效不仅能增强画面的感染力，还能在无声的瞬间填补情感的空白。音乐的节奏、旋律和音色可以直接影响观众的情绪。例如，激烈的音乐可以增强紧张感，柔和的音乐则能营造温馨的氛围。音效的运用可以增强画面的真实感和代入感。例如，脚步声、风声、雨声等环境音效可以让观众更好地融入故事的情境中。

3. 叙事美学

叙事美学是影视剧作的灵魂，通过巧妙的叙事结构和手法，创作者能够在有限的时空中讲述引人入胜的故事。非线性叙事、蒙太奇等手法可以打破时间和空间的限制，使故事更具层次感和深度。在角色的塑造和情节的发展方面，通过精心设计的叙事手法，能够引发观众的共鸣与思考。叙事美学不仅是为了讲述故事，更是为了在故事中探讨更深层次的人性、社会等主题。

（二）审美体验

影视剧作的审美体验是通过视觉和听觉的综合效果来实现的。这种综合效果不是单纯的画面和声音的叠加，而是通过巧妙的艺术设计与技术手段，使观众在观影过程中产生强烈的情感共鸣和感官享受。创作者通过光影效果、色彩搭配和音效设计等手段，营造出独特的影视氛围，进而增强观众的沉浸感和参与感。例如，电影中的色彩运用和光线变化能够影响观众的情绪，音乐、音效的节奏及音量则能增强观众对剧情的投入和共鸣。

审美体验涵盖情感体验、感官体验和心理体验等多个层面。情感体验是指观众在观影过程中所产生的情感波动，如感动、惊喜、愤怒等。这种情感波动往往通过剧情的发展、角色的塑造和冲突的设置来实现。感官体验是指通过视觉和听觉的刺激，使观众感受画面的美感和声音的震撼。例如，壮丽的自然风光、华丽的服装设计和动人的背景音乐是感官体验的重要组成部分。心理体验是指观众在观影过程中所产生的心理反应和思考，如对人性的探讨、对社会问题的反思等。通过多层次的体验，观众能够更加深入地理解和感受影视作品的内涵和意义。

要实现高质量的审美体验，创作者必须在创作过程中注重观众的情感和心理反应。创作者不仅要具有扎实的艺术功底和技术能力，还需要深入了解观众的审美需求及心理特点。在设计情节时，创作者需要考虑如何通过细腻的情感描写和扣人心弦的情节发展，使观众产生共鸣。在音效设计时，创作者需要考虑如何通过音效的变化和节奏的控制，增强观众的情感体验和紧张感。只有通过精心设计和细致打磨，创作者才能创造出具有高度审美价值的影视剧作。

第三节　影视剧作对影视艺术的影响

一、影视剧作在影视作品中的地位与作用

（一）核心地位的确立

作为影视作品的基础，影视剧作决定了整个故事的基本框架和发展方向。引人入胜的剧本不仅可以为导演、演员和其他制作人员提供明确的方向，还能吸引观众的注意力，引发其情感共鸣。剧本是所有艺术元素的结合点，无论是视觉效果、音效设计还是演员表演，都必须围绕剧本来进行创作和调整。没有扎实的剧本作为基础，再优秀的导演和演员也难以发挥出影视剧作应有的效果。

影视剧作的核心地位不仅体现在其对故事整体结构的把控上，还表现在剧本的创意、情节的设置和角色的塑造等多个方面。创意是剧本的灵魂，具有独特创意的剧本能够吸引观众的注意力，使其在众多影视作品中脱颖而出。情节的设置决定了故事的发展节奏和观众的观影体验。结构紧凑、高潮迭起的情节能够保持观众的注意力，增强其情感投入。角色的塑造是剧本的要素之一。鲜明、立体的角色不仅可以推动情节发展，还能使观众产生共鸣，并使其在心理上与角色产生联系，进而增强作品的感染力。

要确立影视剧作在影视作品中的核心地位，创作者必须具备扎实的剧作功

底和卓越的创意能力。剧作功底包括对叙事结构、人物塑造、对话设计等方面的深刻理解和熟练掌握。创意能力则要求创作者能够跳出常规思维，发掘新颖的故事题材和表现手法。两者的结合能够使创作者创造出既有艺术价值，又有商业潜力的优秀剧本。创作者还需具备敏锐的观察力和深刻的洞察力，能够捕捉生活中的细节，并将其升华为剧本中的生动元素。

（二）影视剧作的基础作用

影视剧作直接决定了作品的整体质量和观赏效果。剧本不仅是台词的集合，更是整个剧情架构的核心。优质的剧本能够为观众提供引人入胜的故事、细腻的人物刻画及合理的情节推进。观众在观看影视剧时，首先接触的就是故事情节，如果剧作质量不高，故事不够吸引人，那么即使有再好的演员和特效，也难以拯救作品。因此，影视剧作的质量在很大程度上决定了观众对作品的接受度。

影视剧作的基础作用具体体现在以下关键方面。第一，好的剧本必须有一个完整的故事，情节要有头有尾，逻辑要自洽，避免出现漏洞和不合理的地方。第二，故事的推进要自然流畅，避免突兀的情节转折和不合理的情节安排。第三，情节的连贯性要能够保持观众的观影体验，让观众顺畅地理解和跟随故事的发展。第四，角色的行为和动机需要符合其性格设定及故事背景，避免角色的行为显得突兀和不合逻辑。只有这样，观众才能对角色产生共鸣和认同感，从而更好地投入故事中。

为了实现影视剧作的基础作用，创作者在创作过程中应注重对剧本的打磨和细节的处理。剧本的打磨是一个反复推敲和修改的过程，需要创作者不断地完善故事情节、调整角色设定、优化对话和场景描述。细节的处理则是确保剧本中的每个元素都能够自洽和合理，无论是台词、场景还是道具，都需要经过仔细推敲，以确保其在故事中发挥应有的作用。细节的处理还包括对历史、文化、社会背景的准确把握，以确保故事的真实性和可信度。通过对剧本的打磨和细节的处理，创作者能够创造出高质量的影视剧作，使其在影视作品中发挥核心作用。

二、影视剧作对影视艺术表达的丰富

（一）主题深化

影视剧作通过情节和角色，能够深入挖掘与表达主题。情节的发展和角色的命运紧密相连，通过一系列事件和冲突揭示深刻的主题。例如，在一部电影中，主角的成长历程和所经历的挑战往往隐喻了人生中的某种哲理或社会现象。角色的个性、动机和行为不仅推动情节的发展，还通过其言行及内心世界，直接或间接地传达出创作者想要表达的主题。

影视剧作的主题深化不是停留在表面，而是通过对社会问题的探讨、对人性复杂性的揭示及对价值观的反思，实现深层次的表达。通过对社会问题的探讨，影视剧作能够引发观众对现实社会的关注和思考。例如，一部关于环境污染的电影不仅展示了污染的危害，还通过角色的故事和情节的发展，揭示了背后的利益纠葛与人性的弱点。对人性复杂性的揭示是影视剧作的重要任务之一，通过描绘角色在面对困境时的选择和行为，展现人性的多面性和复杂性。价值观的反思则是通过角色的成长和对情节的推进，引导观众重新审视和思考自身的价值观和信念，达到内心的共鸣与情感的升华。

影视剧作的主题深化不仅需要创作者在创作过程中注重对主题的多层次表达和深度挖掘，还需要在结构与细节上进行精心设计。主题的多层次表达体现在不同的叙事层面上。例如，通过主线情节和副线情节的交织，展现不同角色在面对同一问题时的不同态度和选择，从而多角度、多层次地表达主题。深度挖掘则要求创作者深入研究和理解所要表达的主题，从而在影视剧作中通过细节和象征手法，逐步揭示主题的深层含义。例如，通过一个不起眼的小物件或一句台词，暗示角色内心的变化。只有对影视作品的主题进行多层次的表达和深度的挖掘，才能使其主题更加丰富与深刻，引发观众的思考和共鸣。

（二）艺术表达

影视剧作是一种独特的艺术形式，通过其多样化的手段，能够极大地丰富和强化艺术表达。叙事结构、角色塑造、对话设计等要素不仅能讲述故事，更能使观众深刻地感受故事的情感和思想。精心设计的情节和细腻的刻画能带领观众进入充满情感共鸣的世界，使他们不是被动的观看者，而是积极的情感参与者，从而获得深刻的艺术体验。

影视艺术作为一种综合的艺术形式，涵盖视觉、听觉和表演等多个方面的艺术表达。在视觉艺术方面，摄影构图、色彩运用和场景设计等元素通过画面的形式传递美感与情感。听觉艺术包括音乐、音效和对话，这些声音元素能够在潜移默化中增强观众的情感体验。表演艺术则通过演员的表演，将角色的内心世界和情感状态生动地展现出来。这些艺术形式的综合运用使影视剧作能够在多个层面上进行艺术表达，为观众带来丰富的观赏体验。

在影视剧作的创作过程中，艺术表达不仅是单一元素的运用，还需要创作者对多种艺术元素进行综合运用和创新。创作者需要具备全面的艺术修养，能够在不同的艺术形式之间找到平衡与融合的点。例如，在一场情感戏中，导演不仅需要考虑演员的表演，还需要通过灯光、音乐和镜头语言等手段，增强情感的表达和观众的体验感。

（三）创意构思和创意实现

影视剧作通过创意的构思和实现，可以增强作品的独特性和吸引力。创意构思不仅体现在故事情节的创新上，还体现在对角色的塑造、场景的设计及叙事手法的突破上。每个细节的精心设计都能够为观众带来耳目一新的观影体验，从而在竞争激烈的影视市场中脱颖而出。例如，创作者通过对日常生活细节的独特观察，将其转化为具有感染力的故事素材，使作品具有强烈的现实感和亲和力，进而增强观众的情感共鸣。

创意实现的过程涉及情节创意、角色创意、视觉创意等多个方面。情节创意是影视剧作的核心，通过巧妙的情节设定和出人意料的情节转折，可以极大地增强故事的吸引力。角色创意关乎角色的性格、背景和发展轨迹，通过赋予角色鲜明的个性和复杂的内心世界，使其更具真实性和层次感。视觉创意涉及场景布置、摄影技巧、灯光效果等方面，通过对视觉元素的独特运用，营造出具有强烈视觉冲击力的画面效果，从而增强观众的沉浸感。

创意实现离不开创作者开放的思维和创新的勇气。在影视剧作的创作过程中，创作者需要不断突破传统观念和固有模式，敢于尝试新的叙事结构、表现手法与技术手段。例如，非线性叙事结构、多重视角叙事、虚实结合的叙事手法等是创意实现的重要手段。开放的思维使创作者能够从多种文化、艺术形式中汲取灵感，创新的勇气则使创作者能够在创作过程中大胆尝试，最终实现创意的独特表达。通过这种不断创新和探索的过程，影视剧作不仅能够丰富影视艺术的表达形式，还能为观众带来丰富和深刻的观影体验。

三、影视剧作对导演创作的指导作用

（一）创作方向

影视剧本是影视作品的起点和核心，它为导演提供了创作的蓝图和方向。

剧本的内容不仅决定了故事的走向，还影响了影片的整体风格和基调。通过剧本，导演可以理解故事结构、人物关系、情感线索等关键元素，从而在创作过程中保持其一致性。剧本写作的质量和深度直接决定了导演创作的起点。优秀的剧本能够激发导演的创作灵感，使其更好地发挥艺术才华。

情节的发展是影视剧作的核心，导演需要根据剧本中的情节设计影片的叙事节奏和高潮部分，以确保影片吸引观众。在角色的塑造过程中，通过剧本中对角色的描述，导演可以深入理解角色的背景、性格和动机，从而在表演指导和镜头语言上更好地呈现角色的复杂性和真实性。视觉效果的设计同样至关重要。剧本中的场景描写和情境设置为导演提供视觉创作的基础，使其能够通过镜头语言、色彩运用、光影效果等手段，创造具有视觉冲击力和艺术感染力的画面。

在创作过程中，导演需要时刻保持对剧本整体结构的把握，确保影片在叙事逻辑、情感流动和视觉呈现上具有一致性及连贯性。整体规划和设计不仅包括故事的主线和副线、人物的成长和转变，还涉及场景的布局、节奏的控制和视听元素的协调。只有在剧本整体规划和设计的基础上，导演才能在实际拍摄与后期制作中保持创作的方向性和一致性，最终呈现具有较高艺术性和观赏价值的影视作品。

（二）风格统一

导演在创作过程中，通过剧本能够清晰地传达作品的主题、情感和叙事结构。剧本的统一性和连贯性不仅体现在文字的表达上，更重要的是通过导演的视觉语言、镜头调度、音效设计等多方面的综合运用，使观众在观看过程中能够感受作品风格的一致性。导演的创作不仅是对剧本的忠实呈现，而且是通过多种艺术手段的综合运用，使整个作品在视觉、听觉和情感层面上达成和谐统一。

风格统一不局限于视觉上的表现，还包括叙事风格和表演风格等多个层面。视觉风格涉及画面构图、色彩运用、光影效果等，叙事风格包括故事的节奏、叙事视角、情节安排等，表演风格则涉及演员的表演方式、情感表达、角色塑造等。这些风格的统一性能够增强作品的整体感，使观众在观看过程中获得一致的审美体验。通过对不同风格元素的精心设计和协调使用，导演和创作团队能够确保作品在各个方面都展现出强烈的个性与一致性，使观众沉浸在完整而真实的世界中。

要实现风格的统一，创作者应在各个创作环节中注重协调和配合。剧本创作、导演指挥、演员表演、摄影、剪辑、音效等各个环节都需要紧密协作，确保每个细节都服务于整体风格的塑造。导演作为创作的核心，需要具备强大的统筹能力，能够在各个环节中发挥引导作用，确保每名参与者都能理解并贯彻作品的风格定位，从而实现作品的风格统一和连贯。通过有效的沟通与协作，各个创作环节的力量可以合而为一，共同创造风格一致且连贯的影视作品。

（三）艺术协作

影视剧作能够极大地促进各个创作环节的艺术协作。剧本不仅是故事的蓝图，而且是导演构建视觉和叙事风格的起点。导演在分析剧本时，需要从中提取出故事的核心情感和主题，并将其转化为视觉语言。通过这种方式，导演能够明确每个场景的叙事目标，使整个创作过程有章可循，避免出现某个环节脱节的情况。同时，导演与编剧的紧密合作能确保剧本的叙述逻辑和情感线索在视觉呈现上得以准确体现。

影视剧作的完成需要编剧、导演、演员、摄影师、剪辑师等团队成员的紧密合作。每名团队成员都是影视作品成功的重要保障。编剧在创作剧本时，需要考虑导演的视觉表达需求和演员的表演空间。导演在解读剧本时，需要与摄影师合作，创造出符合剧本情境的镜头语言和光影效果。演员在表演过程中，需要理解导演对角色的诠释，并在镜头前真实地展现出角色的内心世界。剪辑师则需要在后期处理中，按照导演的意图，将拍摄素材进行有机整合，使故事连贯且富有节奏感。

影视剧作的艺术协作不仅是技术和创意的结合，更是团队合作和沟通能力的体现。成功影视作品的背后往往是一个高效合作的创作团队。各个环节的创作者需要在创作过程中保持开放的态度，尊重彼此的专业意见，积极进行沟通和反馈。导演作为团队的核心，需要具备优秀的沟通能力和领导力，能够协调各个部门的工作，确保创作目标的一致性。同时，团队成员之间的信任和默契是艺术协作的重要保障。只有在充分的沟通和合作下，才能够实现创作意图的完美呈现，创造出高质量的影视作品。

四、影视剧作对影视作品市场价值的影响

（一）市场定位

影视剧作的核心价值不仅在于艺术表达，而且还在于其商业属性。成功的

影视剧作需要在市场定位上进行精准策划，这包括对目标观众的定位。目标观众的年龄、性别、职业、兴趣等因素会直接影响影视剧作的内容和呈现方式。例如，针对青少年观众的影视剧作可能会更多地关注校园生活、青春恋爱等题材；面向成年观众的影视剧作则可能更加注重社会问题、职场生活等内容。通过明确目标观众，影视剧作可以在剧本创作、演员选择、宣传推广等各个环节上更有针对性地进行创作和营销，确保作品能精准触达其核心受众群体。

市场定位不仅是确定目标观众，还涉及作品的类型、风格和题材等方面的选择。类型是指影视剧的基本分类，如爱情片、动作片、科幻片等；风格是指作品的表现形式和艺术手法，如现实主义风格、浪漫主义风格等；题材是指作品所涉及的主题和内容，如历史题材、社会题材、科幻题材等。通过对这些元素的精准定位，创作者可以更好地满足市场需求。例如，近年来，随着科技的进步和观众对未来世界的好奇，科幻题材的影视作品逐渐受到欢迎。在特定的社会背景下，反映社会现象和问题的现实主义风格的影视剧也能引发人们广泛的共鸣及讨论。

市场定位的核心在于创作者必须时刻关注市场需求和观众偏好。创作者不仅要具备敏锐的市场洞察力，而且要在创作过程中不断进行市场调研，了解观众的最新需求和喜好。例如，通过社交媒体、观众调查、票房数据等手段，创作者可以获取当前市场的热点话题和流行趋势，从而在创作中融入新元素，增强作品的吸引力和竞争力。同时，创作者需要关注观众的反馈，通过对观众评论和市场反应的分析，不断调整和优化作品，以达到最佳的市场效果。只有在充分了解和把握市场需求与观众偏好的基础上，影视剧作才能真正实现其市场价值。

（二）观众反馈

影视剧作在创作过程中，通过市场反馈能够深入了解观众的喜好和需求。这种反馈不只是简单的数据统计，还是一种与观众建立沟通桥梁的重要手段。通过分析观众的反馈，创作者可以更准确地把握市场动向，在创作中做出必要的调整与优化，从而提升作品的市场竞争力和观众满意度。

1. 观影后的评论

观影后的评论既可以来自专业影评人，也可以来自普通观众。专业影评人的评论通常具有较高的专业性和权威性，他们的意见和建议能够为创作者提供深入的创作指导。普通观众的评论则更加直观地反映了大众的观影体验和情感反应。这些评论不仅能够帮助创作者了解观众对剧情、角色和主题等的具体看法，而且能够反映观众对作品整体效果的满意度。

2. 社交媒体的讨论

随着互联网和社交媒体的普及，观众可以随时随地分享他们的观影感受和看法。社交媒体上的讨论往往具有即时性和广泛性，能够迅速传播开来，形成舆论热点。创作者可以通过监控和分析这些讨论，及时了解观众对作品的反应，发现潜在的问题。此外，社交媒体上的讨论还能够帮助创作者识别观众的兴趣点和关注点，为后续的创作提供灵感。

3. 票房和收视率

票房和收视率是衡量影视作品市场价值的重要指标。高票房和高收视率通常意味着作品受到了广泛的欢迎及认可，反之则可能表明作品未能达到预期的效果。通过分析票房和收视率数据，创作者可以了解观众的观看习惯和偏好，从而在创作过程中做出相应的调整。例如，如果一部影视作品在某个特定时间段内的收视率较高，创作者可以考虑在类似的时间段内推出新作，最大限度地吸引观众的注意力。

4. 市场的变化

观众反馈要求创作者在创作中注重市场的变化。这不仅是为了提升作品的市场价值，更是为了满足观众的需求，提升其观影体验。创作者需要时刻关注市场动态，及时调整创作方向，以确保作品能够在激烈的市场竞争中脱颖而出。同时，创作者应当保持与观众的互动，倾听观众的声音，尊重观众的意见，从而建立良好的观众关系，增强观众的忠诚度和黏性。

第二章　影视剧作的创作流程

第一节　题材与主题的确定

一、题材选择的基本原则

（一）题材的社会意义

1. 反映现实问题和社会关注点

具有社会意义的题材不仅能够引发观众的共鸣和思考，还能够反映现实问题及社会关注点。影视作品不仅是娱乐工具，还是社会现实的一面镜子。通过反映社会现象和揭示社会矛盾，影视作品能够引导观众关注和思考当下的社会问题。例如，近年来，关于环境保护、社会公平、性别平等等题材的影视作品频频涌现。这些作品不仅在娱乐市场上取得了成功，更在一定程度上推动了社会的进步和发展。

2. 传承文化和弘扬价值观

影视作品作为一种大众文化形式，具有广泛的传播力和影响力，能够通过生动的故事和人物形象传递文化精髓及社会价值观。具有深厚文化底蕴和积极价值导向的题材不仅能够增强作品的艺术感染力，还能在潜移默化中引导观众树立正确的价值观。例如，许多历史题材的影视剧通过再现历史事件和人物，弘扬爱国主义精神和民族精神，深受观众喜爱。

3. 关注作品的社会责任感

作为创作者，必须具备一定的社会责任感，在题材选择上避免低俗、暴力、色情等不良内容，确保作品对观众尤其是青少年保持正面影响。创作者应当通过作品传递正能量，倡导积极向上的生活态度和社会风尚，促进社会的和谐发展。例如，一些优秀的影视作品通过对人性美好和社会正义的描绘，激励人们追求更美好的生活。

(二) 题材的市场潜力

影视剧作的题材选择不仅是艺术创作的起点，更是市场成功的关键。要评估题材的市场潜力，需要综合考虑多个因素，包括受众的兴趣偏好、当前的市场趋势及竞争环境等。

1. 了解目标受众的需求

不同年龄段、文化背景和社会阶层的观众，对题材的偏好各不相同。例如，年轻观众可能偏爱节奏紧凑、视觉效果突出的科幻或动作题材；年长观众则可能倾向于剧情深刻、情感丰富的家庭剧或历史剧。通过市场调研和数据分析，可以准确把握观众的兴趣点，从而选择更具吸引力的题材。这不仅能提高影视作品的收视率，还能增强观众的情感共鸣。

2. 分析市场趋势

影视市场是动态变化的，不同类型的题材可能会在不同时间段内流行。例如，某段时间内可能科幻题材盛行，另一段时间则可能是历史题材占据主导地位。通过对市场趋势的分析，创作者可以预判哪些题材在未来一段时间内会有较大的市场潜力。了解市场趋势可以帮助创作者做出明智的选择，从而提高作品的市场竞争力和成功率。

3. 评估竞争环境

在选择题材时，需要考虑市场上是否已有大量相似题材的作品。如果市场已经被某一类型的作品饱和，那么再选择类似题材可能会面临激烈的竞争，导致作品难以脱颖而出。相反，选择相对冷门但有潜力的题材，可能会为作品带来更多的机会。通过分析竞争环境，创作者可以找到市场的空白点，从而增强作品的独特性和吸引力。

4. 注重题材创意的独特性

在市场上，观众对新鲜感和独特性的追求日益增强。具有创新性和独特视角的题材往往能够吸引更多观众的关注和期待。例如，通过结合不同类型的元素，创造独特的故事背景和人物设定，可以极大地增强作品的吸引力。创作者在选择题材时，应注重从不同角度进行挖掘和创新，以增强作品的吸引力和市场竞争力。

（三）题材的创作空间

题材的创作空间是指所选择的题材在叙事中所能延展和发展的广度与深度。具有足够创作空间的题材能够激发编剧和导演的创造力，并为其提供丰富的叙事可能性及多层次的角色塑造空间，从而决定故事的复杂性和丰富性，并直接影响观众的参与感及共鸣度。

第一，具有广阔创作空间的题材通常包含多重背景因素，如历史、文化、社会等，可以从多角度进行探讨。例如，电视剧《权力的游戏》的宏大史诗题材不仅涉及家族纷争、爱情与背叛等多种元素，还具备能够支撑长篇剧集的复杂叙述和多角色发展。这样的题材不仅提供了丰富的创作素材，还使编剧和导演能够构建出充满张力与深度的故事情节和角色关系。相反，创作空间过于狭窄的题材则可能导致剧情单一、角色发展受限，难以持续引起观众的兴趣。

第二，题材的创作空间体现在对现实生活的反映和隐喻能力上。优秀的影视剧作往往能够通过特定的题材反映出更广泛的社会问题和人类情感。例如，科幻题材不仅是对未来世界的幻想，更是对当下科技、伦理、社会结构的深刻反思。在电视剧《黑镜》中，每个独立的故事都通过科幻题材探讨了现代社会中的科技伦理问题，展现了题材的深层创作空间。这样的作品不仅具有娱乐性，还能引发观众对现实问题的思考与讨论。

第三，题材是否能够与观众产生情感共鸣是衡量其创作空间的重要标准。能够引发观众共鸣的题材往往具有普遍的情感基础和社会认同感。家庭题材的影视剧，尽管看似平凡，但因其贴近生活，能够真实地反映人们的情感和生活状态，因此具有广泛的创作空间和观众基础。这样的题材既能引起观众的共鸣，又能提供多样的叙事可能性，使影视剧作更具吸引力。

二、主题的确定与表达

（一）主题的核心思想

在影视剧作的创作过程中，主题的核心思想是整个作品的灵魂，决定了作品的情感基调和价值观。成功的影视剧作能够在主题上打动观众，引发其共鸣。

因此，创作者在构思和确定主题时，必须深入思考并清晰表达主题的核心思想。

主题的核心思想应具备普遍性和独特性。普遍性意味着主题应触及人类共有的情感和体验，如爱、亲情、正义、成长等。这些主题能够跨越文化和时代的界限，吸引广泛的观众。然而，仅有普遍性是不够的，主题还需要具备独特性，即在表达普遍人性时，展现独特的视角和创新的表达方式。这种独特性使作品脱颖而出，给观众留下深刻的印象。

核心思想的表达方式多种多样，可以通过人物的对白、情节的发展、场景的设计等来体现。无论采用哪种方式，主题的表达需要自然流畅，避免生硬的说教。观众往往通过潜移默化的方式感受主题思想，而不是通过直白的语言进行感知。因此，创作者需要在影视剧作中巧妙设置情节和人物，让观众在观看过程中逐步领悟主题的深意。

主题的核心思想不仅是创作的起点，也是创作的终点。在创作过程中，创作者应始终围绕主题进行构思和调整，确保每个情节、每个人物的设定都服务于主题的表达。只有这样，影视剧作才能在整体上保持一致性和连贯性，最终呈现出具有深度和感染力的作品。

（二）主题的多层次表达

在影视剧作中，主题的多层次表达是提升作品深度和增强观众共鸣感的重要手段。通过不同层次的主题表达，剧作能够在视觉和叙事上提供丰富的解读空间。

主主题通常是贯穿整个故事的核心思想或情感。主主题必须明确且具备普遍性，使观众能够在故事的展开过程中不断地与之产生共鸣。主主题的确立需要创作者深思熟虑，并通过具体的剧情和人物刻画加以表达。例如，描绘友情的影片的主主题可能是"友谊的力量"，通过主人公在困难时期彼此支持、共同成长的情节，观众能够感受友谊的珍贵和重要性。主主题必须具备广泛性和深刻性，以便在不同情境下皆能引发观众的情感共鸣。

次主题的设置可以为主主题提供补充和对比，增强故事的复杂性和多样性。次主题往往与主主题相辅相成，或者在某些情节中与主主题形成对抗，从而丰富观众的观感体验。例如，在一部关于家庭的剧作中，主主题可能是"亲情的重要性"，次主题则可以涉及"个人成长"或"代际冲突"等。通过次主题，可以更细腻地描绘人物的内心世界和情感变化，使整个故事更加立体和丰富。

隐含主题并不直接呈现在剧情之中，而是通过细节、象征和隐喻等方式传达。隐含主题的表达需要观众在观看过程中进行思考和解读，从而获得更深层次的体验。例如一部战争片，其表面主题可能是"战争的残酷"，隐含主题则可能涉及"人性的光辉与黑暗"。隐含主题的巧妙设置不仅可以提升影片的艺术价值，还能引导观众进行更为深入的反思，提升作品的思想深度。

情感层次的表达是主题多层次表达的重要组成部分。通过不同人物的情感线索，创作者可以在同一主题下展现多种情感共鸣。例如，在爱情题材的影视剧中，不同人物的爱情观和情感经历可以形成对比和呼应，从而增强故事的情感张力。情感层次的表达不仅有助于创作者塑造生动的人物形象，还能使观众在情感上产生共鸣，进一步增强作品的感染力。

（三）主题的情感共鸣

情感共鸣不仅能够增强观众的代入感和沉浸感，还能使作品更具感染力和影响力。情感共鸣的实现通常需要通过细腻的情节设计、真实的人物塑造及精准的情感表达来完成。编剧需要深刻理解和把握主题的核心情感（这些核心情感可以是爱、恨、恐惧等），通过情节的发展和人物的经历，将核心情感逐步渗透到观众的心中，使观众能够感同身受。

1. 情节设计

编剧在设计情节时，应考虑如何在剧情的起伏、冲突和转折中自然地融入情感元素。例如，通过矛盾激化和人物的情感爆发，把观众带入故事的高潮部分，使情感达到顶点。这种情感的积累和爆发能够有效引发观众的共鸣，使他们在观影过程中获得深刻的情感体验。在情节设计中，编剧要注重情感层次的递进，使观众能够随着故事的发展逐步感受情感的变化和深化。

2. 人物塑造

只有人物的情感是真实可信的，才能引发观众的共鸣。编剧需要通过细致的描绘和深入的刻画，使人物的情感变化合理而自然。无论是人物的内心独白还是与其他角色的互动，都需要真实反映人物的情感状态。观众只有在认同和理解人物的情感时，才能产生共鸣。编剧在塑造人物时，要注重人物的多面性和复杂性，使其形象更加立体和真实。

3. 情感表达

编剧需要通过台词、动作和表情等多种手段，准确传达人物的情感。例如，细腻的对话和深情的眼神可以使观众感受角色内心的细微变化。情感表达的精准度直接影响观众的共鸣度。因此，编剧在创作过程中需要不断打磨和精炼，以达到最佳的情感传达效果。无论是通过台词的精心设计，还是通过演员的细腻表演，都应力求情感表达的准确与深刻。

三、题材与主题的关系

（一）题材与主题相辅相成

在影视剧作中，题材与主题的关系是不可分割的，它们相辅相成，共同决定作品的深度和广度。

题材可以看成作品的外部框架，它不仅是故事发生的背景和情境，还决定了作品的类型和风格。通过题材，观众可以迅速了解故事的基本面貌，感知作品的整体氛围。例如，悬疑题材往往充满紧张和不可预测的情节，爱情题材则更多地关注情感的细腻变化。

创作过程中，题材的选择受多种因素（包括创作者个人经验、社会环境及市场需求等）的影响。不同题材能够引发观众不同的情感共鸣和思考。科幻题材可以通过探索未来与科技的关系，激发观众对未知世界的好奇与思考；历史题材可以通过反思过去的事件和人物，引发观众对历史的尊重；家庭题材可以通过展现日常生活中的亲情与矛盾，引发观众对家庭关系的反思和认同。

主题是作品的核心思想和价值观，是通过故事传递给观众的深层次意义。主题赋予作品灵魂，使其不只停留在表层的情节，而能够引发观众更深层次的共鸣和思考。成功的主题可以让普通的故事变得深刻，使观众在观看后久久不能忘怀。例如，通过家庭题材的故事，创作者可以探讨亲情的复杂性和人际关系的多样性，从而让观众在观影过程中产生共鸣。

主题是创作者希望通过作品传达的思想，是作品的精神内核。成功的影视剧作不仅需要引人入胜的故事情节和精心设计的角色，还需要有深刻的主题来打动人心。主题的确立需要创作者对生活和社会有深刻的观察和理解，并通过具体的情节和人物关系呈现出来。主题可以是关于人性的探讨、社会现象的反思或对未来的展望，它决定了作品的思想高度及艺术价值。

题材与主题的关系是相辅相成的。题材为主题提供了具体的表现形式，主题则赋予题材生命力。创作者在确定题材的同时，需要深入思考作品的主题，使二者有机结合，这样才能创造出既有观赏性又有思想深度的作品。题材和主题的协调统一不仅能使作品在形式上吸引观众的注意力，而且能在思想上引发观众的共鸣和深思。

（二）题材对主题的承载作用

题材不仅是故事的外在表现形式，更是承载主题的载体。题材的选择直接影响主题的表达深度和广度，不同的题材能够赋予主题不同的意象及情感层次。题材的独特性和丰富性往往能够为主题的挖掘与延展提供广阔的空间，使观众在观影过程中产生强烈的共鸣。

题材的选择与主题的契合度决定了作品的统一性和完整性。好的题材不仅能够吸引观众的注意力，而且能够通过细腻的叙事和生动的情节传达深刻的主题。题材的选择应当与创作者的主题意图相一致。只有这样，才能形成一个既有娱乐性又有思想深度的作品。例如，通过战争题材，可以探讨和平与人性的主题；通过科幻题材，可以探讨科技与伦理的关系。

题材作为主题的承载体，需要经过创作者的精心打磨和艺术处理。题材的表现手法、叙事结构、人物设置等需要围绕主题进行精心设计。题材不仅是故事发生的背景，更是主题表达的手段。只有通过题材的细致刻画和情节的层层推进，主题才能够在观众心中扎根，产生持久的影响力。题材的选择及运用，需要创作者具备深厚的文学素养和敏锐的艺术触觉。

题材对主题的承载作用体现在传播效果上。具有吸引力和感染力的题材能够迅速吸引观众的注意力，引发观众的共鸣和思考。在现代影视剧作中，题材的选择还需要考虑市场需求和观众偏好。通过对观众心理的深入研究，创作者可以选择既符合市场需求又能够有效承载主题的题材，从而实现艺术价值和商业价值的双重突破。

四、题材创新与主题深化的方法

（一）题材创新的途径

在当今影视剧创作中，题材创新不仅提升了观众的观影体验，还为影视作品注入了新的生命力。题材创新的途径主要有以下四种。

1. 挖掘和重构传统题材

很多经典的影视剧题材（如爱情、家庭、战争等）已经被反复演绎，难免让人产生审美疲劳。然而，通过重新审视传统题材，挖掘其中未被充分展现的角度，或者将其与其他题材进行巧妙结合，可以使传统题材焕发新的活力。例如，在传统的爱情剧中加入悬疑元素，或者将家庭剧与科幻题材融合，能够创造出新颖且引人入胜的故事情节。这种方式不仅保留了观众熟悉的元素，还能为观众带来意想不到的情感和视觉体验。

2. 关注和反映社会热点与现实问题

作为文化产品，影视剧作应当具备一定的社会责任感。通过题材创新来反映当下的社会热点与现实问题，可以引发观众的共鸣和思考。例如，近年来，环境保护、科技进步、社会公平等议题备受关注，创作者可以通过热点问题来构建新的题材，从而使作品更具有时代感和现实意义。这种方法不仅能吸引关注相关话题的观众，还能通过故事情节引导观众思考和讨论社会问题。

3. 借鉴和融合其他艺术形式

影视剧创作可以从文学、戏剧、音乐、绘画等其他艺术形式中汲取灵感，借鉴其表现手法和叙事技巧。例如，将文学中的魔幻现实主义手法引入影视剧，或者结合戏剧中的舞台表现形式，可以为观众带来不同凡响的视觉和情感体验。此外，通过不同文化背景的碰撞，能够产生丰富的故事层次和独特的视觉风格。这种方法不仅拓展了影视剧题材的广度和深度，而且能够吸引不同文化背景的观众。

4. 运用高科技手段进行创作

随着科技的不断进步，虚拟现实、增强现实、人工智能等高科技手段在影视剧作创作过程中得到广泛应用。这些高科技手段不仅丰富了创作的手法，还拓宽了题材的选择范围。例如，利用虚拟现实技术可以创造出全新的沉浸式体验；人工智能技术则可以帮助生成复杂的剧情走向和角色设定，从而激发更多的创意灵感。这种方法不仅提升了观众的观影体验，还为创作者提供了更多的创作工具，提高了创新的可能性。

（二）主题深化的策略

在影视剧作的创作过程中，对主题的多层次挖掘和细致描绘，可以使作品更具思想深度及情感冲击力，从而给观众留下深刻的印象。主题深化的策略主要有以下四种。

1. 核心主题的明确与提炼

编剧在创作初期应当明确作品的核心主题，并通过情节、人物和场景的设置来强化及深化核心主题。核心主题不仅是故事的灵魂，更是贯穿整个剧情发展的主线。通过反复强调和多角度展现核心主题，观众能够更深刻地感受作品的思想内涵。例如，在一部关于正义与邪恶的影片中，编剧可以通过主角与反派的对抗、正义的胜利及社会的变化来不断深化主题。

2. 细腻的人物刻画

人物是主题的载体，通过他们的思想、情感和行为，观众能够直观地理解与感受主题。编剧应当赋予每个主要角色鲜明的个性和复杂的内心世界，使他们在故事的发展中展现出多维度的变化及成长。通过角色的冲突、选择和转变，主题可以得到有效的深化与升华。例如，在一部关于家庭和爱的影视剧中，通过角色之间的矛盾及和解，可以更深层次地探讨"爱与宽容"的主题。

3. 情节的发展和场景的设置

在故事的每个转折点、高潮和结局中都应嵌入对主题的思考及表达。通过精心设计的剧情发展，主题可以在不断产生的冲突和解决冲突的过程中得到深化。戏剧性的高潮场景可以使主题在情感和思想上达到最强烈的共鸣。同时，场景的选择和布置应当服务于主题的表达，通过特定的环境及氛围的营造，使观众更易于进入主题所制造的情境中。例如，在一部战争片中，战场的残酷和士兵之间的友情可以通过具体的场景及情节得到突出体现。

4. 象征和隐喻手法的运用

编剧可以运用象征物、隐喻和对比等修辞手法，使主题在潜移默化中得到强化。通过象征性的物件或事件，编剧可以传达更深层次的主题意蕴，使观众在观影过程中逐渐领悟作品的深层含义。隐喻和对比的使用不仅可以增强作品的艺术性，还能使主题更加丰富及多元化。例如，编剧通过一棵逐渐枯萎的树木来象征家庭的破裂，可以传达出家庭关系中潜在的危机感。

第二节　角色塑造与人物关系

一、角色设定与多角度塑造

（一）角色背景设定

在影视剧作中，角色背景设定不仅为角色的行为及动机提供合理性依据，还能丰富角色的层次感，使其更加立体和真实。通过详细描绘角色的成长经历、家庭环境、教育背景和社会关系等，编剧能够更深入地理解角色的内在动机，并在剧情发展过程中为角色的行为及决策提供逻辑支持。

1. 考虑角色所处的历史和社会环境

不同的时代背景和社会背景会对角色的价值观及行为模式产生深远影响。例如，成长于战乱年代的角色的性格和行为可能会带有强烈的生存本能与防备心理；在和平年代成长的角色可能会更加注重个人发展及社会关系。因此，编剧需要深入了解并准确描绘角色所处的时代和社会环境，确保角色行为的合理性与一致性。

2. 涵盖角色的内心世界和心理历程

编剧需要运用细腻的心理描写，使观众能够感受角色的内心冲突和成长的心路历程。角色背景设定的深度和细腻程度直接影响角色的真实感与观众的共鸣度。

3. 注重与剧情的紧密结合

角色的背景信息不仅是独立存在的，还应与剧情发展密切相关。例如，角色的某些经历可能会成为剧情发展的关键因素，或是角色在某一情节中的决策依据。编剧需要在设定角色背景时，充分考虑剧情发展的需要，使角色背景与剧情有机融合，为剧情的推动提供动力。

（二）角色性格塑造

在影视剧作中，角色性格的塑造不仅决定角色的独特性，而且直接影响观众对角色的情感认同与理解程度。角色性格的构建需要多角度、多层次地展现，包括对心理特征、行为表现、语言风格、背景故事等的细致描绘。

1. 心理特征

角色的内心驱动力决定了他们在不同情境下的反应和行为。通过细腻的心理描写，编剧可以揭示角色的内心世界，使观众能够更深入地理解角色的动机和情感。例如，角色的恐惧、愤怒、喜悦等情感波动，可以通过内心独白或心理描写来展现，从而增加角色的真实感及立体感。

2. 行为表现

行为是性格的外在表现，编剧通过具体的行动和反应来展示角色的性格特点。例如，勇敢的角色在危急时刻可能会挺身而出，胆小的角色则可能会选择逃避。行为的连续性和一致性也是塑造角色性格的重要方法，角色的行为逻辑应当自洽，避免前后矛盾的情况发生。

3. 语言风格

角色的语言不仅反映其文化背景和教育程度，还能体现其性格特征。编剧应当为每个角色设计独特的语言风格，使其在语言表达上具有个性。例如，风趣幽默的角色可能会频繁使用俏皮话和幽默的语句；严肃认真的角色则可能会使用正式、严谨的语言。语言风格的差异使角色形象更加丰满和立体。

4. 背景故事

角色的过去经历、成长环境、家庭背景等对其性格的形成有深远的影响。编剧可以通过交代角色的背景故事来解释其性格特点和行为动机。例如，在孤儿院长大的角色可能会表现出对亲情的渴望和不安全感；在富裕家庭长大的角色则可能表现出自信和优越感。背景故事的揭示不仅能拓展角色的深度，而且能增强观众对角色的理解和共鸣。

（三）角色动机与目标

在影视剧作中，角色动机与目标不仅定义了角色的内在驱动力和行为逻辑，还决定了剧情的发展方向和推进方式。通过对角色动机与目标的精心设计，编剧能够创造出更加真实、复杂且具有感染力的角色，进而增强影视剧作的戏剧性和吸引力。

角色动机是推动角色行动的内在力量，它揭示了角色的心理状态和行为逻辑。动机可以有多种形式，既可以是外在的物质追求（如财富和权力等），也可以是内在的情感需求（如爱与认可等）。例如，角色可能因为渴望权力而做出某些决定，或因追求爱与认可而采取特定行动。理解角色的动机有助于观众与角色建立情感共鸣，从而增强角色的复杂性和真实性。

角色目标是角色在影视剧作中明确追求的具体结果，是角色行动的方向标。目标可以是短期的（如完成一项任务等），也可以是长期的（如达成人生理想等）。设定清晰、具体且具有挑战性的目标，可以推动剧情的发展，以及制造张力和冲突。例如，角色的目标可能是解救被绑架的亲人，这一目标会驱动角色不断克服困难，推动情节的发展。

二、主角与配角的功能和定位

（一）主角的核心作用

在影视剧作中，主角通常是整个故事的中心人物，观众的情感和兴趣大多集中在主角身上。主角的行动、决策和情感变化直接推动剧情的发展。因此，塑造有深度、有吸引力的主角是影视剧作成功的关键。主角通常被赋予丰富的背景故事和复杂的性格特征，以便观众能够与之产生共鸣。成功的主角不仅是故事的参与者，更是带领观众进入故事世界的引导者。

主角面对的冲突和挑战是其核心作用的重要体现。影视剧作中的主角通常需要面对一系列的困境与敌对力量，这些冲突和挑战不仅推动剧情的发展，也使主角的性格在不断地试炼中得以展现及成长。通过冲突，观众能够看到主角如何在困境中坚持自己的信念，通过努力和智慧解决问题。这样的过程往往能引发观众的情感共鸣与心理认同。

主角往往代表影视作品的主题和价值观。主角的行动和决策不仅是个人的选择，更是对整个故事主题的诠释与表达。通过主角的成长和变化，观众能够感受创作者所要传达的深刻意图及社会观念。因此，主角的塑造不仅需要考虑其个人的性格特征和故事背景，还需要与整个作品的主题和价值观紧密结合，使其成为作品的灵魂。

（二）配角的辅助作用

在影视剧作中，配角不仅是主角的陪衬，更是推动剧情发展和丰富故事层次的重要元素。通过配角，观众能够更深刻地理解主角的性格、价值观和成长轨迹。例如，在影片《哈利·波特》中，赫敏和罗恩作为哈利的重要配角，他们的智慧和勇气不仅补充了哈利的不足，还通过他们的友情及共同经历，凸显了哈利的成长与蜕变。

配角能够通过自身独特的个性和背景故事，增强故事的多样性和复杂性。配角使剧情更加丰富多彩，避免了单一视角的乏味。例如，在电视剧《权力的游戏》中，配角各自复杂的背景和独特的动机使整个故事充满了意外与转折。每个配角的行动和选择都可能对主线剧情产生重大影响，增强故事的张力和吸引力。

配角的辅助作用体现在对主题的深化上。通过配角的经历和命运，编剧可以探讨更广泛的社会问题与人性话题，从而使影视作品具有更深层次的思想内涵。例如，在电视剧《绝命毒师》中，配角（如杰西、汉克等人）的故事线揭示了家庭、道德、法律等多方面的冲突和挑战，进一步深化了该剧的主题，使观众在欣赏剧情的同时，能进行更深层次的思考。

三、角色关系的层次性与复杂性

（一）主要角色关系

影视剧中的角色关系不仅能推动情节的发展，还能深刻影响观众的情感体验。通过精心设计的角色互动和联系，编剧能够为故事增强层次感和复杂性，使观众更加投入，进而产生共鸣。

角色关系的展现包括情感、利益、信任和冲突等多个方面。角色关系的变化和发展为故事增添了丰富的戏剧张力。例如，在悬疑片中，侦探与嫌疑人之间的关系不仅是敌对，还可能包含互相欣赏和惺惺相惜等复杂情感，这种多重关系的存在使故事更加深刻和吸引人。编剧可以通过对话、行动和内心独白等手法，逐步揭示角色间的关系变化，从而增强观众的代入感。

在角色塑造的过程中，编剧需要深入挖掘每个主要角色的动机、背景和性格特点，以确保角色关系的真实性和立体性。例如，在爱情剧中，男女主角从陌生到相知、相爱，再到经历误会和矛盾，直到最终和解，这一过程需要有层次性和递进性，不能跳跃式地发展。这样，观众才能在情感上与角色产生共鸣，深入理解角色的内心世界和情感变化。

在角色关系的设计中，需要考虑情节的连贯性和逻辑性。角色间的关系变化应当自然且合理，避免突兀的转折或不合逻辑的发展。编剧需要确保每个情节转折都有其合理的动机和铺垫，使角色关系的变化显得顺理成章，而非强行安排，这样才能增强故事的可信度。

在不同类型的影视剧作中，角色关系的表现方式会有所不同。在家庭剧中，家庭成员之间的关系往往更为复杂和细腻，涉及亲情、责任、冲突等多方面的内容。在科幻剧中，主要角色关系可能更多地体现在团队协作、伦理道德等方面。因此，编剧在创作时，既要遵循角色关系的基本原则，又要结合类型特点进行创新和拓展，以创造独具特色的角色关系网络。

（二）次要角色关系

在影视剧作中，次要角色不仅为主要情节提供支持，还通过自身的故事和互动，丰富剧作的层次与深度。次要角色关系的设计需要充分考虑其与主要角色及其他次要角色之间的互动，从而使整个剧情更加紧凑和连贯。次要角色的存在有助于揭示主要角色的性格、动机和发展轨迹，同时能够推动情节的发展，增强观众的共鸣与兴趣。

次要角色关系的复杂性体现在多层次的互动与冲突上。编剧需要精心设计次要角色的背景、动机和行为逻辑，使其关系既有合理性又有戏剧性。例如，在一部家庭剧中，次要角色可能包括朋友、同事、邻居等，他们的关系和互动不仅为主要剧情提供丰富的背景信息，还可能引发新的矛盾与冲突，从而推动剧情的发展。次要角色之间的关系应具备独立的戏剧性，使观众在关注主要故事线的同时，能够被次要角色的故事所吸引。

次要角色关系的描绘需要兼顾细节和整体节奏。编剧需要通过对话、行为和情境描写，展示次要角色的个性特征与情感变化，使其形象鲜明、生动。在整体节奏上，次要角色的关系发展应与主要剧情相辅相成，避免喧宾夺主或脱离主线。通过巧妙的安排，次要角色关系可以在关键时刻起到推动剧情、揭示主题、增强情感张力的作用。这种细致入微的处理方式不仅能增强剧情的真实性，还能使观众在观看过程中产生强烈的情感共鸣。

在影视剧作中，次要角色关系可以通过多样化的表现形式来增强影视剧作的艺术性和观赏性。通过次要角色的幽默感、反差对比或情感共鸣，增强剧作的趣味性和观众的代入感。编剧在设计次要角色关系时，可以参考经典影视作品中的成功案例，结合自身的创意和剧作需求，创造既有戏剧张力又具备独特魅力的次要角色关系体系。这种丰富而多样的关系设计不仅能够为剧作增加层次，还能提升观众的观看体验。

（三）角色关系的交织

在影视剧作中，角色关系的交织既可以丰富故事情节的层次和深度，又可以增强情节的复杂性，还可以推动角色的成长和变化。

1. 丰富故事情节的层次和深度

在影视剧作中，角色关系的交织为故事情节增添了丰富的层次和深度。通过多种角色关系的交织，观众会更加沉浸在故事中。这种角色关系的交织不是简单的对立或合作，而是通过家庭关系、爱情关系、友谊、仇恨、利益冲突等多种方式实现的。每种关系都为故事注入不同的情感张力和叙事动力，使剧情更加引人入胜。

2. 增强情节的复杂性

在理解故事过程中，观众需要更多的思考和分析。例如，在一部家庭剧中，父子之间可能既有血缘亲情的羁绊，也有代际冲突的矛盾。这种多层次的关系交织使角色更加立体和真实；在爱情剧中，情侣之间不仅有爱情的甜蜜，还可能夹杂着过去的误会和未来的挑战。通过这种角色关系的交织，故事情节变得更加丰富多彩，观众也因此更加投入。

3. 推动角色的成长和变化

角色在与其他角色互动的过程中会不断面对新的挑战和选择，从而推动内心及外部行为的转变。例如，原本自私的角色在与他人建立深厚友谊的过程中，可能逐渐学会理解和关心他人；坚定的反派角色在经历多次失败和反思后，可能会走向悔悟及自我救赎。通过多种角色关系的交织，角色的发展轨迹变得更加丰富多彩。

四、角色弧线与成长轨迹

（一）角色的初始状态

在影视剧作中，角色的初始状态为观众提供了理解角色背景和动机的基础。在故事开始时，角色通常处于一种相对稳定的状态。这种状态不仅包括角色的外在环境和社会地位，还涉及角色的内在心理状态、价值观念及他们所面临的主要矛盾和冲突。这些初始状态为后续的角色发展及故事情节的推进奠定了基础。

角色的初始状态可以通过多种手段进行展示，包括对话、场景设置、动作及其他角色的反应。通过这些手段，观众能够迅速了解角色的基本信息，如职业、家庭背景、性格特点和生活目标。成功的初始状态描述不仅能够使观众产生兴趣，还能为角色的成长轨迹设置明确的对比，使角色的变化更为显著和具有说服力。

编剧在设计角色的初始状态时，需要精心设计角色的外在和内在特征。例如，角色可能在故事开始时是一个充满理想主义的年轻律师，面对社会的不公而感到愤怒和无力；或者角色在故事开始时可能是一个经验丰富但情感上受创的侦探，试图在工作中找到救赎。通过这种对初始状态的详细刻画，可以引导观众预见角色可能的成长方向，同时为角色弧线的展开制造悬念。

在创作过程中，编剧需要注意角色初始状态的真实性和复杂性。简单化的角色初始状态可能会使角色显得平淡而缺乏吸引力。相反，通过引入复杂的背景故事、多层次的心理状态及微妙的人物关系，角色的初始状态将更具深度和立体感。这不仅有助于提高故事的整体质量，而且能使观众更加投入和产生共鸣。

（二）角色的成长过程

角色的成长过程不仅决定了角色的深度和复杂性，还影响观众的情感体验及剧情的发展。角色的成长过程通常包括其从起点到终点的变化，这种变化可以是心理、情感、道德或其他方面的。通过展示角色在各种情境中的反应、选择和行动，编剧可以深入揭示角色的内心世界与成长轨迹。

角色成长过程中的关键时刻或转折点是塑造角色弧线的重要节点。转折点是对角色产生重大影响的事件或情节，这些事件通常促使角色面对内心的恐惧、欲望或困境，从而推动其发生变化。通过精心设计这些转折点，编剧可以有效地展示角色的成长。例如，在一部英雄成长的故事中，主人公可能会经历从失败到成功的多个转折点，每个转折点都进一步增强他的决心和勇气。这些转折点不仅推动剧情发展，还能让观众更深入地了解角色的内心世界。

角色的成长过程需要反映出他内在动机和外在行为之间的互动。角色的动机是其行为背后的驱动力，它可以是情感、信念、目标或其他因素。外在行为则是角色在剧中所采取的具体行动。编剧需要通过细腻的描写和精心的情节设计，将角色的内在动机与外在行为紧密结合，使观众能够理解并认同角色的成长过程。例如，失去亲人的角色可能会通过报仇或寻找真相来实现内心的平静，这一动机将贯穿其整个成长过程，直至其最终实现内心的和解。内在动机与外在行为的互动能让角色显得更加立体和真实。

角色的成长过程应体现出一定的现实性和逻辑性。虽然影视剧作中的角色成长往往充满戏剧性和冲突，但其变化应符合角色的性格特征及故事的整体逻辑。编剧需要确保角色的成长过程既有足够的戏剧张力，又不至于显得突兀或不合理。通过细致的情节铺垫和合理的情感转折，观众可以更容易地接受角色的变化，并在情感上与角色产生共鸣。例如，一个冷酷无情的反派角色，如果在短时间内突然变得善良而无任何铺垫，就会显得缺乏说服力和合理性。合理的成长过程能增强观众的代入感和情感共鸣。

（三）角色的最终转变

在影视剧作中，角色的最终转变不仅是故事发展的高潮，也是角色成长的顶点。这一转变通过情感的爆发、价值观的重塑及行为的改变来表现。角色的内在心灵蜕变及对剧情走向和观众情感共鸣的影响，使这一环节显得尤为重要。

角色的最终转变需要精心设计和铺垫，以确保这种转变显得自然、可信。编剧通过前期的情节铺垫和角色发展，逐步引导观众理解角色的内心变化。例如，在一部关于复仇的电影中，主人公从最初的愤怒和痛苦，逐步经历一系列挫折和内心挣扎，最终在关键时刻实现自我和解，放下仇恨。这种转变不仅展现了角色的深度，也传递了编剧希望表达的主题和价值观。

角色的最终转变需要通过具体的剧情事件来体现，这些事件通常具有极强的戏剧性和冲突性。例如，在经典的英雄叙事中，主人公可能会在最终决战中通过自我牺牲或关键决策来展示其最终转变。这些事件推动剧情达到高潮，让观众在情感上得到最大限度的释放和满足。在这些转折点中，角色的行为和选择往往成为剧情的核心驱动力，决定故事的最终走向。

第三节　情节设计与故事发展

一、情节的构思方法与创意来源

（一）情节构思的基本方法

在影视剧作的创作过程中，情节构思不仅影响整个剧作的吸引力和完整性，还决定观众的情感体验。构思情节的方法多种多样，但无论哪种方法，核心都在于如何从生活、文学、历史等多种素材中提炼出具有戏剧性的故事情节。常见的情节构思方法包括逆向推理法、角色驱动法和主题导向法。

1. 逆向推理法

逆向推理法是一种从结果倒推原因的构思方法，特别适用于悬疑、推理类的影视作品。逆向推理法的核心是先设定一个引人入胜的结局，再通过逆向思维一步步推理出导致这一结局的原因和事件。这不仅能确保情节的逻辑性，还能在过程中不断制造悬念，吸引观众的注意力。例如，在设定一个惊人的犯罪结局之后，编剧需要倒推每个关键细节，从而构建出一个环环相扣的故事，使观众在结尾时豁然开朗。

2. 角色驱动法

角色驱动法通过深入挖掘角色的动机和性格来推动情节发展。角色驱动法强调角色的内心世界和成长过程，通过角色的决策与行动自然地推动剧情走向高潮和结局。优秀的角色驱动法能够使情节更加生动、真实，观众也更容易与角色产生情感共鸣。例如，一个角色从懦弱到勇敢的转变，可能通过一系列抉择和事件来展现，这不仅能丰富角色的层次感，还能让观众在情感上与角色同步。

3. 主题导向法

主题导向法以影视剧作的核心主题为中心，围绕主题构建情节。主题导向法适用于表现深刻社会问题的作品。编剧在构思情节时需要始终围绕主题展开，确保每个情节都能服务于主题的表达。例如，在探讨"正义与复仇"的主题时，每个情节都应强化这一主题，从而使整个影视剧作具有高度的思想深度和艺术价值。这不仅能使剧情更加集中，还能增强作品的思想内涵和艺术价值。

（二）情节创意的来源

在影视剧作的创作过程中，编剧不仅需要依靠个人灵感，还可以从多种多样的渠道汲取创意，以确保故事的真实性，并使观众在观影过程中产生强烈的代入感和情感共鸣。

1. 真实事件

编剧通过细致观察和感受生活中的点滴，将真实事件转化为具有戏剧性的情节。这种方式不仅能确保故事的真实性，还能使观众在观影时产生共鸣。通过描绘真实的生活细节和情感，编剧能够创作出贴近观众生活的故事，从而引发其共鸣和深思。

2. 文学作品

许多经典的影视剧作改编自著名的文学作品，如莎士比亚的戏剧、托尔斯泰的小说等。文学作品具备丰富的情节、深刻的人物刻画和复杂的情感结构，为编剧提供了丰富的素材与灵感。文学作品中独特的叙述方式和语言风格也为影视剧作的情节设计提供了新的视角与方法。

3. 历史事件和人物传记

历史事件具有戏剧性和冲突性，通过改编历史事件，编剧可以创造出具有教育意义及思想深度的作品。历史人物的生平和经历同样富有戏剧性，通过对人物进行艺术化再创作，编剧能够展现他们的内心世界及复杂情感，为观众提供深刻的历史和人性思考。

4. 其他艺术形式

不同艺术形式之间的相互借鉴和融合，能够为影视剧作的情节设计带来新的灵感及创意。音乐的节奏和旋律可以为情节的推进与情感的表达提供参考，绘画中的构图和色彩可以为场景设计与氛围营造提供灵感。通过多种艺术形式的交互，编剧可以获得新的创作思路。

二、主要情节与次要情节的布局

（一）主要情节的设置

在影视剧作中，主要情节不仅决定故事的核心走向，还影响观众的情感体验和观看兴趣。因此，主要情节的设置需要深思熟虑，并且遵循特定的原则和技巧。

1. 强烈的戏剧冲突

戏剧冲突是推动故事发展的引擎，它能够引发观众的情感共鸣，并保持观众对剧情的关注度。主要情节中的冲突应当是深刻而复杂的，这样才能使角色的行为和动机更具说服力和真实性。冲突可以来源于角色之间的对立、角色与环境的矛盾或角色内心的挣扎。无论何种冲突，都应当紧密围绕故事的主线展开，并推动剧情的发展。

2. 清晰的结构和逻辑

主要情节通常包括开端、发展、高潮和结局四个部分。开端部分应当迅速引入主要冲突并提起观众的兴趣；发展部分通过一系列事件逐步加深冲突，推动角色的成长和变化；高潮部分是冲突最为激烈、紧张的时刻，也是剧情的转折点；结局部分是冲突的解决和故事的收尾。这样的结构不仅能够使剧情紧凑有序，还能帮助观众更好地理解和记忆故事内容。

3. 角色的塑造和发展

主要情节应当为角色提供足够的戏剧空间，使角色在冲突中展现多维度的性格和情感。角色的行为和选择应当合乎逻辑，并且反映其内心的变化与成长。

主要情节中的角色关系应当复杂多样，通过互动和对抗来丰富故事的层次及深度。观众通过角色的成长和变化，更能对剧情产生共鸣和代入感。

4. 观众的预期和情感反应

优秀的主要情节能够在关键时刻制造悬念和惊喜，打破观众的预期，从而提升剧情的吸引力。同时，情节的发展应当合理而不失自然，避免过于突兀的转折或不合逻辑的安排。通过精心设计的主要情节，编剧可以有效地掌控观众的情感节奏，使观众在观看过程中体验紧张、期待、喜悦、悲伤等多种情感波动。

（二）次要情节的辅助

在影视剧作中，次要情节的设计和运用可以丰富故事层次感和增强观众体验。次要情节不仅为主要情节提供必要的背景和支持，还通过刻画次要角色的活动与情感，帮助观众更全面地理解主要角色的动机和行为。例如，在一部侦探剧中，次要情节可能会深入描绘侦探的私人生活，这样的细节使观众能够理解他在案件中的专业判断和情感脉络，从而增强对角色的认同感和理解力。

在增强故事的丰满度和多维性方面，次要情节扮演着重要角色。通过展示主要情节之外的生活或事件，次要情节为观众提供更广阔的视角。例如，在一部战争题材的电影中，主要情节可能集中在前线的战斗，次要情节则展示后方的生活，这种对比不仅增强了故事的张力，还使观众对战争的全面影响有了更深刻的认识。次要情节通过这种方式，增强了故事的复杂性，使观众对剧情有更全面的理解。

次要情节需要具有独立性，但同时必须与主要情节紧密相连。成功的次要情节不仅能够独立成章，还能够在关键时刻与主要情节交汇，从而推动整体故事的发展。例如，在一部爱情剧中，主角的爱情故事是主要情节，次要情节可能涉及主角朋友的感情生活。这些次要情节在某些关键时刻可以影响主角的决定，进而推动主要情节的发展，增强剧情的复杂性和连贯性。

次要情节可以用于缓解主要情节的紧张气氛，提供必要的叙事间歇。这种叙事策略不仅可以让观众在情感上得到片刻的放松，还能通过次要情节的幽默或轻松片段增强故事的趣味性。例如，在一部紧张的悬疑电影中，次要情节中的幽默片段能够有效缓解主要情节的紧张气氛，为观众提供一个情感宣泄的出口，从而使观众保持对故事的持续兴趣和投入。

（三）情节布局的协调

情节布局的协调不仅决定故事的整体结构和节奏，还影响观众的情感体验。主要情节和次要情节的布局需要在故事推进中保持平衡，避免出现过于突兀或冗长的情节段落。主要情节一般承担推动故事主线发展的职责，次要情节则通过丰富人物形象、深化主题或提供必要的信息来辅助主要情节。协调两者之间的关系，能够使故事更加紧凑、连贯，增强观众的沉浸感。

在影视剧作的创作过程中，主要情节和次要情节的协调需要通过精心的设计和编排来实现。编剧在设计故事结构时，应考虑主要情节之间的间隔时间和次要情节的出现频率。主要情节之间的间隔时间不宜过长，否则容易使观众失去对故事主线的关注。次要情节的出现频率也需适中，既要丰富故事内容，又不能喧宾夺主。通过合理安排，次要情节可以起到缓和主要情节紧张气氛的作用，同时为主要情节的发展提供必要的铺垫和支持。

主要情节和次要情节在情感基调上的协调是至关重要的。主要情节通常承载着影视剧作的核心冲突和情感高潮，次要情节则可以通过不同的情感色彩来调节整体故事的情感节奏。例如，在一部悬疑剧中，可以通过一些轻松幽默的次要情节来缓解主要情节的紧张气氛，从而增加观众的情感体验层次。但是，这种情感基调的转换需要自然流畅，应避免过于生硬的情感切换，否则会破坏观众的观剧体验。

主要情节与次要情节的协调需要考虑其在故事主题上的一致性。无论是主要情节还是次要情节，都应服务于影视剧作的整体主题。次要情节虽然在具体情节上可能与主要情节有所不同，但是其内在的主题思想应与主要情节保持一致，或者对主要情节的主题进行补充和扩展。这样，整个故事才能在主题上形成统一的整体，增强影视剧作的思想深度和艺术感染力。通过这种方式，观众不仅能享受故事的表层情节，还能感受其深层次的主题内涵。

三、矛盾冲突与高潮情节的设置

（一）矛盾冲突的类型

矛盾冲突不仅能引发观众的情感共鸣，还能激发角色的内在动力。矛盾冲突可以分为多种类型，常见的包括人物之间的冲突、人物与环境的冲突及人物内心的冲突。

1. 人物之间的冲突

人物之间的冲突通常由不同角色的目标、价值观或利益的对立引发。通过刻画角色之间的对抗和斗争，不仅能增强故事的戏剧性，还能深化角色的性格与动机。例如，在经典影片《教父》中，迈克尔·柯里昂与敌对家族的冲突不仅推动了整个情节的发展，还揭示了他性格中的复杂性和变化。通过角色之间的冲突，观众可以更深入地理解角色的内心世界和他们的成长历程。

2. 人物与环境的冲突

人物与环境的冲突强调角色在面对外部世界时所遇到的挑战和阻碍。这种类型的冲突可以通过自然环境、社会环境或历史背景来体现。通过描绘角色与外部环境之间的斗争，编剧可以展示角色的适应能力和毅力。例如，在电影《荒岛余生》中，主人公必须在孤岛上独自生存，这种环境的极端条件不仅考验了他的生存技能，还深刻影响了他的人生观和心理状态。这样的冲突不仅让观众感受到角色的孤独和绝望，也让他们体会到角色在逆境中展现出的坚韧和勇气。

3. 人物内心的冲突

人物内心的冲突通常涉及角色内心的道德抉择、情感挣扎或心理矛盾。通过深入挖掘角色的内心世界，编剧可以展示角色的复杂性和多面性，从而使其更加立体和真实。例如，在影片《黑天鹅》中，主人公妮娜在追求完美舞蹈表现的过程中，经历了内心的巨大冲突和崩溃，这不仅为影片增添了张力，还深刻揭示了艺术创作中的痛苦与挣扎。通过这样的内心冲突，观众能够更深刻地理解角色的内心状态和他们所面对的心理压力。

（二）高潮情节的设计

在影视剧作的创作过程中，高潮情节不仅标志着故事发展的最高点，也是观众情感体验的顶点。为了确保这一刻剧情达到最强烈的情感冲击力和戏剧张力，编剧需要综合考虑多方面的因素。

高潮情节需要建立在前期情节铺垫和人物关系的基础上。前期的故事发展应逐步累积矛盾和张力，使角色之间的冲突逐步升级，为高潮情节的爆发做好充分准备。在这个过程中，编剧应注重细节的刻画和情感的积累，使观众在高潮情节到来时能够产生强烈的共鸣。通过细致入微的情节安排和角色塑造，观众能够更深刻地理解角色的动机和情感，从而在高潮情节中获得更大的情感冲击。

高潮情节的设计应具有突发性和不可预见性。尽管观众可能期待剧情的发展方向，但是高潮情节的具体呈现应当出人意料，以增强戏剧效果。编剧可以通过设置逆转、揭示秘密或意外事件来达到这一效果，使观众在高潮情节中感受到强烈的震撼和冲击。这种突如其来的变化不仅能吸引观众的注意力，还能使剧情更加扣人心弦。

高潮情节应当紧密围绕核心矛盾展开，突出人物的关键抉择和情感爆发。在这一时刻，主角往往面临生死攸关的决定或情感上的极大冲突，这种极端的情境能够最大限度地调动观众的情感。编剧需要深入挖掘人物的内心世界，使他们的言行举止在高潮情节中具有高度的说服力和感染力。通过展现人物在关键时刻的内心挣扎和情感抉择，观众能够更好地理解角色的心理活动，从而产生强烈的情感共鸣。

高潮情节的设计应考虑视觉和听觉的表现手法。通过运用镜头语言、剪辑技巧、音乐和音效等手段，可以进一步增强高潮情节的冲击力。例如，快速的镜头切换和紧张的音乐节奏可以营造紧张刺激的氛围；慢镜头和静音处理则可以突出情感的爆发和人物的内心挣扎。这种多感官的刺激能够使观众更加沉浸在剧情中，感受更强烈的情感冲击。

四、情节推进与节奏控制

（一）情节推进的策略

在影视剧作的创作过程中，情节推进决定了观众的情绪波动和观影体验。有效的情节推进不仅要确保故事的连贯性，而且要保持观众的兴趣，使他们持续投入剧情的发展中。情节推进的策略有以下四种。

1. 设置悬念和冲突

悬念能够激发观众的好奇心，使他们对故事的发展充满期待。悬念的设置可以通过未解之谜、角色的命运或未来的不可预知性来实现，以增强故事的吸引力。冲突是推动情节发展的动力所在。无论是角色之间的对立(外在冲突)还是角色内心的挣扎(内在冲突)，都能带动角色的行动，推动情节的发展。

2. 角色的动机和目标

角色的动机和目标是故事的核心驱动力，是情节推进的重要因素。当角色有明确的目标时，他们会在追求目标的过程中遇到各种障碍和挑战。这些障碍和挑战不仅能推动情节的发展，还能深化角色的性格和背景。通过角色在面对挑战时的成长和转变，观众能够深入地理解和认同角色，从而增强故事的吸引力。

3. 时间和空间的转换

时间的转换可以通过闪回和闪现的手法，揭示角色的过去和未来，补充和丰富当前的情节。空间转换则通过不同地点的切换，展示事件的多样性和复杂性，增强故事的层次感。这种手法不仅能打破单一场景的限制，还能使故事更加丰富多彩，令观众时刻保持新鲜感。

4. 对话和动作描写

对话不仅是传达信息的工具，更是表现角色性格和关系的重要方式。通过紧凑而富有张力的对话，可以快速推进情节的发展，揭示角色之间的微妙关系和冲突。动作描写通过细腻的肢体语言和行为表现，增强情节的视觉冲击力，使观众更直观地感受角色的情感与心理状态。细致的动作描写不仅能丰富人物形象，还能有效地推动情节发展。

(二) 节奏控制的技巧

在影视剧作的创作过程中，节奏控制不仅直接影响观众的观影体验，还决定故事的吸引力。通过对剧情发展的时间安排、情感波动的处理及叙事结构的规划，编剧可以有效地引导观众的情绪，增强故事的张力。

1. 剧情推进速度的掌握

不同类型的影视剧对节奏有不同的要求。例如，动作片需要快速的节奏来制造紧张感，观众在高速的剧情发展中可以感受到肾上腺素的激增；文艺片则可能需要较为缓慢的节奏，通过细腻的描写和深入的情感刻画，使观众能够沉浸在人物的内心世界中。编剧需要根据故事类型和情节需要，灵活调整节奏，避免单一节奏带来的乏味感。适当的节奏变化可以增强故事的层次感，使观众保持高度的注意力。

2. 情感波动的处理

情感波动是指剧情中人物情感的起伏和变化，它直接影响观众的情绪反应。编剧通过设计高潮、冲突和缓解等情节节点，创造情感的波峰和波谷，从而控制节奏。有节奏的情感波动不仅可以使故事更加扣人心弦，还能使观众在情感的起伏中更加投入情节的发展。巧妙的情感波动设计不仅能增强故事的吸引力，还能使观众在观影过程中产生共鸣，从而提升整体的观影体验。

3. 叙事结构的规划

经典的三幕剧结构是一种有效的节奏控制方法，通过设置起、承、转、合四个阶段，编剧可以有条不紊地推动剧情的发展，保持观众的兴趣。这样，观众能够在一个相对稳定的结构中，体验情节的起伏和转折。此外，平行蒙太奇、交叉叙事等手法也是调控节奏的重要手段。它们通过多线叙事或时间空间的转换，增强故事的复杂性和节奏感，给予观众多层次的观影体验。

（三）情节与节奏的协调

影视剧作能否成功，在很大程度上取决于情节推进和节奏控制之间的协调。这种协调有助于构建坚实而生动的故事结构。情节是故事的骨架，节奏则是骨架上附着的肌肉，两者需要互相支撑。编剧需要在情节设计上做到紧凑合理，避免松散和冗长。同时，节奏的控制要根据情节的发展状态进行动态调整，以保持观众的兴趣和注意力。

对整个故事的起承转合有清晰的把握是编剧的基本功。情节推进的速度应与故事的重要节点相匹配。在关键情节点上，节奏要放慢，通过细致描写和情感铺垫来增强戏剧张力。这种处理方式可以让观众更深入地感受角色的内心世界和情感冲突。在次要情节点上，则可以适当加快节奏，避免观众因冗长的叙述而失去兴趣。这样的节奏切换不仅能使情节更加紧凑，还能给观众带来情感上的波动，增强故事的吸引力。

情节与节奏的协调需要考虑观众的心理反应和情感体验。不同类型的影视剧对节奏的要求有所不同。例如，动作片通常节奏紧凑、高潮迭起，观众期待的是持续的紧张和刺激；文艺片则更注重刻画细腻的情感和表现舒缓的节奏，以便让观众细细品味角色的内心世界与情感变化。编剧应当根据剧作的类型和观众的预期设计相应的情节与节奏，既满足观众的心理需求，又保持故事的连贯性和完整性。

第四节　场景设置与视觉呈现

一、场景选择与布置的原则

（一）场景选择的标准

在影视剧作中，场景选择不仅直接影响故事的叙述效果，而且对观众的情感体验有着深远影响。

在剧本创作阶段，场景选择必须紧密围绕剧本的主题和叙事需求展开。成功的场景不仅能真实反映故事背景，还能强化主题与情节的发展。例如，在一部关于成长的影片中，选择学校、家庭、街道等场景，可以有效地呈现主角的成长环境和心路历程，使观众更容易理解及感受角色的变化与成长。这种场景设置不仅能增强故事的现实感，还能更好地传达影片的核心思想。

视觉吸引力和独特性是场景选择的关键指标。具有特色的场景能够在视觉上吸引观众，增强影片的记忆点和辨识度。导演和美术指导需要通过对场景的独特设计来凸显影片的风格和调性。例如，在科幻片中，未来城市的创新设计、太空站的独特布局等能够为观众带来耳目一新的视觉体验。这种视觉上的独特性不仅使影片在众多作品中脱颖而出，还能给观众留下深刻印象。

实际的制作可行性和预算限制是场景选择时必须考虑的重要因素。选择合适的场景需要综合考虑拍摄地点的可达性、布置成本及拍摄时间等因素。制片人和场景设计师需要在创意与现实条件之间找到平衡点，以保证影片的顺利拍摄和高质量输出。例如，一些具有历史背景的影片，可能需要搭建复杂的场景，这就需要在预算范围内进行精心规划和安排，以确保拍摄的顺利进行。

场景选择应注意与演员表演的契合度。好的场景不仅要给观众视觉上的享受，更要为演员的表演提供有力支持。场景的布置和设置应能够帮助演员更好地进入角色，增强表演的真实感和感染力。例如，在一部心理惊悚片中，封闭狭窄的房间可以强化角色的压迫感和营造紧张氛围，增强观众的情感共鸣。通过这样的场景设置，演员的情感表达能够更加真实，观众的观影体验也会更加深刻。

（二）场景布置的原则

场景布置不仅关乎视觉效果，还直接影响剧情的推进和观众的情感体验。精心设计的场景不仅是人物活动的背景，更是故事的一部分。

场景布置应当服务于故事情节的发展。每个场景都应当有其特定的功能和意义。例如，在一部悬疑片中，通过阴暗的灯光和逼仄的空间，能够营造紧张、压抑的氛围，从而增强观众的代入感与紧迫感。这种氛围的营造不仅能够推动剧情的发展，还能让观众更深刻地感受角色所处的困境和压力。

角色的身份和性格特点需要在场景布置中得到体现。不同的角色应当有与其身份相符的生活或工作环境，这不仅能够增强角色的真实感，还能通过环境的细节来丰富角色的层次。例如，一个富有的企业家可能会住在装饰华丽的别墅中；一个普通的工人家庭则可能住在布置简洁而实用的公寓里。通过对场景细节的把握，观众可以更加直观地理解角色的性格和所处的背景。

场景布置应当符合整体美术风格和视觉主题的要求。一个优秀的影视作品往往有其独特的美术风格，这种风格贯穿于整部作品的场景布置中，从而形成统一的视觉体验。例如，科幻题材的影片通常会采用高科技感的场景设计；历史题材的作品则会注重还原历史的真实感和细节。通过一致的美术风格，观众可以更好地融入作品的世界中，增强观看体验。

细节的合理性和真实性在场景布置中至关重要。无论是现代题材还是历史题材的作品，场景中的每个细节都应经过仔细的考量和设计，以确保其符合故事发生的时间和空间背景。例如，在一部设定在 20 世纪初的影片中，场景中的每个物品、装饰都应符合当时的历史背景，而不应出现明显的时代错误。细节的真实不仅能够提升作品的可信度，而且能够让观众更深入地了解那个时代和背景下的生活状态。

二、场景与情节的互动关系

（一）场景对情节的支持

在影视剧作中，场景不仅是故事发生的地点，更是情节发展的关键元素。

场景的选择和设计能够极大地影响情节的丰富性及观众的情感体验。场景通过其独特的视觉元素和环境氛围，为情节提供强有力的支持。例如，在昏暗的小巷中进行的对话能够传达出紧张和神秘的氛围，从而增强观众对角色心情与情节发展的理解。

场景对情节的支持体现在它对角色行为和情感的影响上。不同的场景会对角色的行为决策产生不同的压力与影响。例如，在一个豪华的宴会厅中，角色的行为可能会更加拘谨和礼貌；在一个破旧的仓库里，角色可能会表现出更多的紧张和急躁。场景的细节设计（如光线、色调、装饰物等）也会对角色的心理状态和情感表现产生重要影响，从而推动情节的发展。

场景设计能表现叙事的象征意义，支持情节的深层次表达。通过场景中的象征物或特定的环境设置，编剧可以传达出超越文字和对白的深层次信息。例如，废弃的游乐园不仅可能是角色行动的场地，还可能象征着角色失去的童年和破碎的梦想。这样的象征意义能够为情节增加更多的层次和深度，使观众在视觉享受的同时，获得更丰富的情感与思想体验。

（二）情节对场景的需求

情节的发展通常决定了场景的设定。每当情节进入转折点、高潮或结尾时，特定的场景便成为不可或缺的支撑。例如，一场激烈的追逐戏需要宽敞的街道或复杂的建筑物来展现速度和紧张感；一段深情的对话则可能需要一个宁静的咖啡馆或私密的房间来烘托气氛。精心选择和设计场景能够最大限度地突出情节的张力，使观众沉浸于故事情节中。

场景的变化对情节的节奏和推进有直接影响。单一的场景可能让观众产生视觉疲劳，进而影响对情节的关注度。因此，编剧在编写剧本时，要根据情节的发展来合理安排场景转换。例如，在悬疑片中，快速切换的场景可以增强紧张感和节奏感；在文艺片中，缓慢的场景过渡则有助于情感的积累和释放。通过场景的变化，不仅可以丰富视觉体验，还能够有效地推动情节的发展。

场景的细节设计需要依据情节的需求进行精心雕琢。每个小道具、每处布景都应服务于情节的展开。例如，在一场关于家庭团聚的戏份中，场景中的每个细节——从餐桌上的摆设到墙上的家庭照片，都应传达出温馨和亲情的氛围；在一场关于恐怖事件的戏份中，阴暗的光线、破旧的家具、凌乱的房间等元素则可以有效地烘托出恐怖和紧张的气氛。通过细节的精雕细琢，场景能够更好地服务于情节的表达。

三、光影效果与氛围营造

（一）光影效果的基本类型

光影效果的基本类型主要包括自然光、人工光、柔光和硬光等，每种类型都具有独特的视觉特征及叙事功能。在不同的场景和情节中，导演和摄影师会根据需要选择合适的光影效果，以实现最佳的视觉呈现和情感表达。

1. 自然光和人工光

自然光通常是指太阳光和月光，这种光源在画面中呈现出真实、自然的效果。自然光的变化多端，能够很好地表现一天中不同时间段的光线变化，如清晨的柔和光线、正午的强烈阳光和黄昏的温暖光晕。采用自然光可以使场景更加逼真，观众更容易与角色和情节产生共鸣。然而，自然光的使用需要摄影师具备较高的技术水平，以确保光线的控制和画面的均衡。

人工光是一种由人造光源产生的光线，常见的有聚光灯、软灯、霓虹灯等。人工光的应用范围广泛，能够在各种复杂的拍摄环境中营造出理想的光影效果。通过调节光源的亮度、角度和颜色，人工光可以营造出多种不同的氛围，如神秘、浪漫或紧张。人工光的灵活性使导演和摄影师能够在有限的空间与时间内实现丰富的视觉效果，从而提升影片的艺术价值。

2. 柔光和硬光

柔光是一种光线柔和、边界模糊的光源，通常通过滤光片或散光板实现。柔光能够均匀地照亮整个场景，减少阴影和反差，营造出温暖、舒适的氛围。这种光影效果常用于表现人物的内心世界和情感变化，使观众更容易感受到角色的细腻情感。柔光的应用不仅能够增强画面的质感，还能有效地掩饰角色面部的瑕疵，使人物形象更加美观。

硬光是一种光线强烈、边界清晰的光源，通常直接照射在拍摄对象上。硬光能够产生明显的阴影和高反差，营造出强烈的戏剧效果。这种光影效果常用于表现紧张、压抑或恐怖的场景，使观众在视觉上感受到强烈的冲击。硬光的使用需要摄影师具备较高的技巧，以避免过度曝光或阴影过重，从而影响画面的整体效果。

（二）光影效果的设计技巧

光影效果不仅能增强视觉冲击力，还能深刻影响观众的情感体验。

设计光影效果时，要考虑剧本的主题和情节发展。不同的情节和场景需要不同的光影效果来传达特定的情感与氛围。例如，悬疑片中常用的低光和阴影效果能够营造出紧张、神秘的氛围；浪漫爱情片则常采用柔和的光线和温暖的色调来传递温馨、浪漫的情感。

通过巧妙的光影设计，可以表现出角色的情感波动和心理变化。例如，当角色处于困惑或矛盾状态时，可以使用复杂的光影效果来表现其内心的挣扎；当角色心情开朗或充满希望时，则可以采用明亮、均匀的光线来凸显其积极的心态。光影效果与角色的情感线索相呼应，能够显著增强观众的代入感。

在营造空间感和层次感方面，光影效果具有独特的作用。合理的光影设计能使场景更加立体和丰富。例如，通过使用背光可以突出人物轮廓，增强画面的层次感；通过使用侧光可以拓展场景的深度，使观众产生一种身临其境的感觉。在实际操作中，光影设计往往需要与布景、道具、服装等元素相协调，从而达到统一、和谐的视觉效果。

注重细节的处理是光影效果设计的关键。细腻的光影变化可以赋予画面更多的情感层次和视觉享受。例如，通过调整光源的角度和强度，可以突出场景中的某些细节，使其成为视觉焦点；通过使用柔光和反光板，可以消除不必要的阴影，营造更加自然的光影效果。导演和摄影师需要不断尝试和调整，以找到最佳的光影组合，从而使画面更具感染力。

（三）氛围营造的方法

氛围营造可以通过以下四种方法。

1. 色彩的运用

不同颜色能够引发观众不同的情感反应和心理联想。冷色调（如蓝色和绿色等）常用于营造神秘、忧郁或紧张的氛围，这些色彩可以让观众感到不安或引发深思的情绪。暖色调（如红色和黄色等）则多用于表现温暖、热情或紧张刺激的场景，这些色彩能够激发观众的活力，为其带来欢快或兴奋的感觉。通过色彩的巧妙搭配和运用，导演可以在画面中传达和营造深层次的情感和氛围。

2. 光影的运用

通过调整光源的方向、强度和色温等参数，可以营造不同的情境效果。例如，柔和的散射光能够营造梦幻、温馨的氛围，这种光线可以让观众感到舒适和放松；强烈的背光或低角度的侧光则可用于营造戏剧性的阴影效果，增强画面的对比度和层次感，这种光线可以让观众感受紧张或神秘的氛围。光影的巧妙运用不仅可以增强画面的美感，还能暗示角色的内心世界和情节的发展。

3. 声音和音乐的运用

背景音乐和音效能够在潜移默化中影响观众的情绪与感受。适当的音乐选择可以增强场景的情感表达，增强画面的感染力。低沉的背景音乐可以增强悬疑和紧张感，使观众产生不安与紧张的情绪。欢快的音乐则能营造轻松愉快的氛围，使观众产生欢乐、轻松的情绪。音效的使用也至关重要。例如，风声、雨声、脚步声等环境音效能够增加场景的真实感和代入感，强化观众对画面的感知。

4. 场景设计和道具的细节处理

精心设计的场景和贴切适合的道具可以增强画面的真实性和层次感。古典风格的家具、陈旧的墙纸、破旧的图书等细节元素能够增强历史剧的年代感和真实感，使观众感受历史与文化的厚重感。对这些细节的精心处理，可以使观众更容易进入故事的世界，感受剧中人物的情感。

四、场景转换的方法与技巧

（一）场景转换的基本方法

场景转换不仅影响观众的观影体验，更是把握叙事节奏和进行情感表达的重要手段。通过巧妙的场景转换，导演和剪辑师可以引导观众的注意力，增强叙事的连贯性和视觉的丰富性。场景转换的基本方法如下。

1. 切换

"切换"是最基本的场景转换方法，通过直接将一个场景切换到另一个场景来实现。这种方法常用于动作快速、节奏紧凑的片段中，能够给人带来紧迫感。切换可以迅速将观众的注意力从一个情境转移到另一个情境，非常适用于追逐戏、对话场景及紧张情节的发展中。通过这种直接的转换方式，影片可以保持叙事的连贯性和节奏感，确保观众始终处于故事的吸引力之中。

2．淡入淡出

"淡入淡出"是一种常用于表示时间、空间转换或故事章节更替的场景转换方法。通过画面淡出至黑或白，再淡入新场景，观众能够感受到一种自然的过渡。这种方法尤其适合表现回忆、梦境或情感转折，能够柔和地引导观众进入新的叙事情境。淡入淡出不仅能够提示时间的流逝或场景的变化，还能够为影片营造诗意的氛围，使叙事更加流畅和富有层次感。

3．叠化

"叠化"是一种在一个画面逐渐消失的同时，另一个画面逐渐显现，形成叠加效果的场景转换方法。这种方法可以传达出两者之间的联系或对比，增强叙事的层次感和复杂性。例如，通过叠化将一个角色的过去与现在连接起来，或者将两个平行叙事的场景交织在一起，可以使观众更深刻地理解角色的内心世界或故事的多重维度。叠化不仅能够丰富视觉语言，还能增强影片的艺术表现力。

4．推移

"推移"是一种较为明显且富有动感的场景转换方法，常用于风格化较强的影片中。推移是指一个画面被另一个画面从侧面、上下或对角线"推走"的转换方式。这种方法能够带来一种动态的视觉效果，适用于强调动作、地点变化或时间流逝。在科幻片、冒险片等类型的影片中，推移常被用来增强视觉冲击力和叙事的动感。通过这种显著的转换手段，影片可以在视觉上给观众留下深刻的印象，同时保持故事的连贯性和流畅性。

（二）场景转换的技巧

在影视剧作中，场景转换可以增强叙事效果、保持故事的连贯性和提升观众体验。编剧和导演需要掌握多种场景转换技巧，以确保故事的流畅性和视觉的连贯性。场景转换的技巧如下。

1. 视觉符号和过渡镜头

通过使用相似的颜色、形状或动作，导演可以自然地将观众的注意力从一个场景引导到另一个场景。例如，从一个场景的特写镜头平滑过渡到另一个场景的广角镜头，或利用相同的物体、声音作为过渡点。这种方法不仅可以保持视觉上的连续性，还能在潜移默化中传递信息和情感，使观众在不知不觉中接受场景的变化。

2. 时间和空间的自然过渡

在剧本中设置合理的时间进程和空间转移，可以使场景转换显得自然且不突兀。例如，通过日夜更替、季节变化等时间标志来提示观众场景的变化。又如，利用角色的移动、交通工具的使用等手段，将场景从一个地点平滑过渡到另一个地点，以避免突然的跳跃感，从而增强故事的连贯性。

3. 声音和音乐的变化

音效和背景音乐的变化可以为场景转换提供线索和情感过渡。例如，通过渐弱的背景音乐或突如其来的音效，可以引导观众的注意力并预示即将到来的场景变化。同时，将对话和旁白作为连接手段，特别是在需要解释或交代背景信息时，能有效地实现场景转换，使观众更容易理解故事的发展进程。

4. 巧妙的剪辑和镜头运用

通过交叉剪辑、蒙太奇等手法，可以在多个场景之间实现快速且有效的转换。这种方法不仅能够加快叙事节奏，还能在不同场景之间建立对比和联系，增强故事的层次感与复杂性。此外，使用长镜头和连续镜头也可以创造流畅的视觉体验，使场景转换更加自然、连贯，从而提高影片的整体质量。

第三章　影视剧作的结构与布局

第一节　影视剧作的常见结构形式

一、三幕剧结构

（一）第一幕：背景与设定

第一幕的主要任务是介绍故事的背景、主要角色及其关系，并设定故事的基本冲突。通过对故事世界的详细描绘，观众可以迅速了解故事发生的时间、地点，以及社会和文化环境。这些信息的传递必须准确且富有吸引力，以便激发观众的兴趣，使他们愿意继续观看。

1. 角色的介绍

编剧需要通过精心设计的场景和对话，将主要角色的性格特征、动机和目标展示给观众。通过这些细节，观众可以初步了解角色的内心世界，从而产生情感共鸣。角色的设定不仅要真实可信，还要具备一定的复杂性，以便在后续的剧情发展中展现出多面性和成长性。角色之间的关系也需要在第一幕中进行初步的铺垫，为后续的冲突和情感发展奠定基础。

2. 场景和氛围的设定

冲突是推动剧情发展的核心动力，第一幕需要巧妙地引入初始冲突或问题，暗示即将展开的故事情节。这种冲突可以是外部的（如环境、对手或社会压力等），也可以是内部的（如角色的内心矛盾或心理困境等）。通过初步的冲突设定，观众可以预见角色将面临的挑战，从而对故事的发展产生期待和好奇。

（二）第二幕：发展与冲突

第二幕是整部剧作发展的主干部分。在这一幕中，故事情节逐渐展开，人物关系进一步复杂化，主人公面对的主要冲突也在这一阶段逐步显现并加剧。

通常，第二幕的长度是第一幕和第三幕总和的两倍，因此，它不仅需要在情节安排上做到紧凑和有条不紊，还要在人物塑造及主题深化方面有足够的深度和广度。

在第二幕开端部分，主人公通常已经离开了"起点"，进入了一个新的、未知的环境。这个新的环境既可能是地理上的陌生地点，也可能是心理上的全新挑战。此时，主人公必须适应新的情境，并开始主动应对各种复杂的局面。这不仅推动故事情节发展，还逐渐揭示人物内心世界。通过这一幕，观众可以更深入地了解主人公的性格、动机和内心冲突——这些因素将为后续的情节发展奠定基础。

第二幕的核心在于发展和冲突的双重推进。故事情节在这一阶段层层递进，人物之间、人物与环境之间的矛盾也在不断升级。编剧需要巧妙地设计一系列障碍和挑战，使主人公不断面对困难并克服困难。这些冲突不仅能够推动情节向前发展，还能使人物性格更加立体、丰富。主人公可能会遭遇背叛、陷入危机、面对抉择，这些情节安排不仅增加了戏剧张力，也使观众更加投入故事。

在第二幕的高潮部分，通常会出现一个"中间转折点"。这是一个至关重要的情节节点，通常会引发重大事件，改变故事的发展方向，并对主人公产生深远的影响。这个转折点将使主人公在接下来的情节中面临更加严峻的挑战。通过中间转折点，编剧能够有效增强故事的紧张感和吸引力，为第三幕的高潮和结局做铺垫。

（三）第三幕：高潮与解决

第三幕作为影视剧作的高潮与解决段落，通常占据整个剧作的最后四分之一部分，其作用在于将剧中的所有矛盾和冲突推向顶点，并为观众提供一个满意的结局。在这一幕中，主角通常会面临最终的挑战或对决，这是整个剧情的巅峰时刻。所有之前的悬念和铺垫在此刻会得到集中爆发，观众的情绪也会达到最高点。

第三幕的高潮部分是角色发展和主题表达的关键时刻。主角在这一阶段往往会经历重大的转变或觉醒，这种转变是他们在整个故事过程中所经历的各种考验和磨难的结果。通过这一转变，主角不仅解决外部的冲突，也完成内心的成长。观众通过主角的成功或失败，能够更深刻地理解剧作所传达的主题和思想。

在高潮之后，第三幕需要处理故事的解决部分，即结局。结局不仅要给观众一个情感上的完结，还要合乎逻辑地解决所有悬念和问题。理想的结局应既出人意料又在情理之中，使观众感到满意和充实。结局的形式可以多种多样，但无论哪种形式，都需要与故事的整体基调和核心主题相吻合。

二、五幕剧结构

(一) 引入与铺垫

引入与铺垫的主要任务是引出故事的主要冲突、介绍主要人物及其背景，以及建立故事的基调和氛围。通过引入与铺垫，观众可以迅速了解故事的基本情节，激发他们的兴趣，并为接下来的情节发展做好心理准备。在这部分，编剧既要巧妙地设置悬念，吸引观众继续观看，又要确保信息传递的层次清晰有序。

1. 设定场景和氛围

通过视觉效果、音效或对话，编剧能够在短时间内传达出故事发生的时间、地点和主要环境。一个精心设计的场景能够迅速将观众带入故事的世界，使他们对故事的背景有一个基本的了解。因此，场景的选择和氛围的营造直接影响观众的情感投入和对故事的期待。

2. 介绍主要角色

观众会通过角色的外貌特征、性格特点和初步动机来了解故事的核心人物。这些角色介绍不仅能够帮助观众建立对角色的初步认知，还能在观众心中形成认同感或反感，从而促进情感连接。角色的初次亮相往往决定了观众对整个故事的第一印象，因此必须精心设计，确保角色的独特性和吸引力。

3. 初步展示主要冲突

初步展示主要冲突既是引入与铺垫的重要任务，也是推动整个故事发展的核心动力。通过一系列巧妙的事件或对话，编剧可以暗示潜在的危险或机遇，从而引发观众的好奇心。这些冲突的引入不仅能够为后续剧情的发展奠定基础，还能有效地吸引观众的注意力，使他们对接下来的情节充满期待。冲突的设置需要精心设计，以确保其既能引人入胜，又能为后续情节的发展提供合理的解释。

4. 设置小的情节转折

在引入与铺垫中，小的情节转折不仅能够丰富情节，还能为故事的发展铺设伏笔，从而增加故事的深度和复杂性。通过巧妙地设置小的情节转折，编剧能够在观众心中埋下伏笔，使他们对后续情节的发展充满期待和猜测。情节转折的设计需要与主要冲突和角色动机相呼应，以确保整个故事的连贯性和逻辑性。

（二）初步冲突与发展

在五幕剧结构中，初步冲突不仅是为了制造戏剧张力，而且是为了揭示角色的内在动机和性格特点。通过初步冲突，观众能够更深入地了解角色的背景、目标及其所面临的挑战。精心设计的初步冲突能够吸引观众的注意力，使观众对接下来的剧情发展产生期待和关注。

初步冲突的设计需要兼具复杂性和真实性，避免简单化和表面化。冲突可以通过多种方式来呈现，如角色之间的对立、追求同一目标的竞争、外部环境的变化等。冲突应与角色的内在驱动力紧密联系。这样，冲突的产生和发展能够显得合理且富有吸引力，而不仅仅是单纯的矛盾堆积。

随着初步冲突的发展，剧情进入一个动态阶段。角色在面对冲突时所采取的行动和决策将推动剧情向前发展。这不仅是对角色的考验，而且是对观众情感的牵引。通过展示角色在冲突中的成长和变化，编剧可以逐步深化角色形象，使其更加立体和真实。初步冲突的发展为后续的高潮和解决冲突做好铺垫，确保剧情能够顺利推进并达到一个显著的高潮。

节奏的把控在初步冲突的发展中至关重要。节奏过快可能导致观众无法充分理解角色动机和冲突背景，从而削弱剧情的张力；节奏过慢则可能使剧情显得拖沓，失去吸引力。编剧应当通过对话、动作和场景的巧妙设计，合理安排冲突的发展节奏，保持观众的持续关注和投入。

（三）高潮前的紧张

在五幕剧结构中，高潮前的紧张既是高潮戏段的铺垫，也是整部剧作张力的集中体现。这个阶段通常会将角色推向极限，使他们面临前所未有的挑战和危机。通过引入各种戏剧冲突和矛盾，高潮前的紧张能够为观众营造高度紧绷的情绪氛围，使观众为之后的高潮情节做好充分的心理准备。

编剧需要在高潮前的紧张阶段精心设计情节的发展和节奏，确保每个细节都能够为最终的高潮服务。在这一阶段，情节往往会涉及故事主线的重大转折点、角色内心的深刻变化及核心冲突的进一步加剧。例如，在一部英雄题材的电影中，高潮前的紧张可能表现为主角在面对最终敌人前的孤立无援，或是内部团队的分裂与重组等。

角色的心理描写和情感表达在高潮前的紧张阶段尤为重要。角色在这一阶段的心理状态和情感波动，不仅能增加剧情的复杂性和层次感，还能增强观众的代入感和共情能力。编剧可以通过内心独白、对话冲突及行动选择等方式，深入挖掘角色的内心世界，使观众能够更深刻地理解和感受角色的挣扎与困境。

高潮前的紧张是整个剧作节奏调控的重要一环。通过逐步增加的紧张程度和不断升级的戏剧冲突，编剧能够有效地吸引观众的注意力，并保持剧情的连贯性与逻辑性。这一阶段的情节设计要在情节张力和情感共鸣之间找到最佳平衡点，真正实现高潮前紧张的戏剧效果。

（四）高潮与转折

高潮部分不仅是观众情绪最为高涨的时刻，而且是角色成长和情节推进的关键节点。编剧在设计高潮部分时，需要充分发挥创造力，通过紧凑的情节设计和深刻的人物刻画来引发观众的共鸣。高潮需要在前期铺垫的基础上，给观众带来强烈的情感冲击。成功的高潮不仅能有效提升观众的观影体验，还能使故事的主题更加鲜明。

转折不仅改变故事的发展方向，还使角色命运发生重要转折。编剧可以通过引入新的角色、揭示隐藏的秘密或发生意外事件来实现转折。成功的转折不仅能引发观众的惊讶和兴趣，还能推动剧情向前发展，使故事更加紧凑、连贯。转折是情节的转变点、角色内心的转折点，能够通过巧妙的情节设计和细腻的情感表达，使观众对角色的命运产生深刻的共鸣。

高潮与转折在五幕剧结构中紧密相连。高潮往往伴随着转折的出现，使故事情节达到新的高度。编剧在设计高潮与转折时，需要充分考虑故事的整体结构和节奏，确保每个高潮与转折都能服务于故事的主题和人物的发展。合理的高潮与转折设置不仅能增强故事的戏剧性，还能使整个剧作更加引人入胜，以及具备更高的艺术价值和观赏性。通过精心设计的高潮与转折，故事能够在情感、情节和思想上达到新的层次，使观众获得更加深刻的观影体验。

（五）结局与收尾

在五幕剧结构中，结局与收尾既是故事的终点，也是观众情感的宣泄口和对整个剧情的最终评价。一个成功的结局需要解决主要冲突和悬念，同时引发观众的深思和情感共鸣。结局的设计必须与前文的铺垫和人物的成长轨迹紧密相连，确保逻辑上的自洽和情感上的完整性。

结局通常包含高潮后的缓和部分，即所谓"解脱"或"解围"。在这一部分，编剧需要巧妙地收回前文埋下的伏笔，使各个情节线索得到合理的收尾。观众在这一刻期待的是情感上的释然，因此结局应给观众留下深刻的印象，使观众在影片结束后仍能回味无穷。

结局的形式多种多样。例如，开放式结局给观众留下更多的想象空间，使故事具有更大的延展性和讨论性；封闭式结局通常会给出明确的答案和结局，满足观众的情感诉求和逻辑需求。结局的形式需要与影片整体的风格和主题相契合，确保观众能够获得一种完整且满意的体验。

结局可以通过视觉、听觉等媒介手段来强化观众的情感体验。背景音乐的选择、镜头的切换和场景的布置等，都可以在结局处起到画龙点睛的作用。电影中许多经典的结局场景，正是通过这些技术手段，成功地将观众的情感推向高潮，从而给观众留下深刻的记忆。

三、环形结构

（一）循环叙事的特点

循环叙事是一种在现代影视和文学作品中广泛应用的叙事方式，其独特之处在于故事的起点和终点相互呼应，形成一个闭合的结构。这种结构通过重复特定的场景、台词或情节，不仅增强故事的整体感和连贯性，而且使观众在反复的过程中逐渐深入理解人物的内心变化和主题的深层含义。

循环叙事的时间结构非常独特，常常打破传统线性叙事的时间连续性。通过时间的跳跃和重复，循环叙事创造出一种非线性的叙事体验，这不仅挑战了观众对时间和空间的传统认知，还赋予故事一种独特的节奏感和张力。例如，某部影片根据主人公记忆的缺失，采用了非线性的叙事方式。该影片通过不断回到特定的记忆片段，构建一种循环的叙事结构，使观众在解读故事的过程中体验到迷失感和紧张感。这种时间结构的独特性使得故事更加复杂和引人入胜。

循环叙事具有丰富的象征意义和主题表达功能。通过重复和循环，故事中的某些元素被赋予更深层次的象征意义，帮助观众更好地理解故事的主题。例如，在某部影片中，主人公不断回到同一个时间点，试图阻止一场爆炸事件的发生。这种不断循环的情节不仅推动了故事的发展，还象征了主人公对命运的抗争和自我救赎的过程。通过循环叙事这种方式，不仅丰富了故事的层次感，而且增强了观众的情感共鸣和思考深度。

（二）闭环故事的设计

闭环故事的设计，是在叙事的起点与终点之间形成一个闭合的环。闭环故事通常以一个清晰的事件、主题或情节开篇，经过一系列发展与变化，最终回到开篇的起点或与开篇形成呼应。这种结构不仅能够增强故事的完整性和连贯性，还能为观众提供一种情感上的满足感。观众在观看故事的过程中，会逐渐发现故事的前后呼应，从而体验到一种结构上的美感与智力上的愉悦。

开篇的设计不仅需要吸引观众的注意力，还需要埋下足够多的伏笔和线索。这些伏笔和线索将在故事的结尾部分得到回收与呼应。编剧在设计开篇时，需要对整个故事的结构有一个全盘的规划，确保每个细节都能够在结尾时得到合理的解释和收尾。开篇要为整个故事奠定基调，并引导观众进入故事的世界。

闭环故事中的每个情节点和发展都应与开篇和结尾紧密相关。在故事发展过程中，编剧需要不断提醒观众开篇的伏笔和线索，通过情节的推进和人物的发展逐渐显现这些伏笔和线索的重要性和意义。这样，观众在观看过程中不仅能够被情节吸引，还能够不断地回忆和思考，从而增加观剧的深度与趣味性。每个情节点都应当是整个故事链条中的关键环节，能够推动故事向前发展。

结尾部分的设计是闭环故事成功的关键。一个成功的闭环故事的结尾，不仅能够回收所有的伏笔和线索，还能在情感和主题上与开篇形成强有力的呼应。结尾部分应给观众一种恍然大悟的感觉，使观众意识到所有的细节和情节发展都是有意安排的。结尾的设计应当具有震撼力和深远的影响力，使观众在故事结束后仍然回味无穷。

四、章节式结构

（一）章节划分的原则

章节划分是影视剧作结构布局中的一个重要环节，其合理与否直接影响故事叙述的流畅性和观众的观影体验。以下是章节划分的关键原则。

1. 故事逻辑的自然发展

每个章节都应是故事中的一个独立单元，既具有完整的情节，又要与整个剧本的主线情节紧密相连。这种方式能够使观众在理解单个情节的同时，掌握主线故事的整体脉络。通过这种自然发展，观众能够更容易地理解剧情，避免因跳跃性过大而感到混乱。

2. 人物的发展和转变

影视剧作中的人物通常会经历一系列的成长和变化，每个重要的转折点都可以作为一个章节的划分依据。这种方式不仅能够突出人物的成长轨迹，而且能够增强观众对人物情感的共鸣。例如，在一部成长题材的影片中，可以将主人公的几个重要成长阶段划分为不同的章节，从而使观众更清晰地了解人物的发展轨迹。

3. 节奏的控制

合理的章节划分可以有效地控制故事的节奏，使观众在紧张与松弛之间得到良好的观影体验。过于冗长的章节容易使观众感到疲惫，过于频繁的章节转换则可能打断观众的情感投入。因此，在进行章节划分时，需要综合考虑情节的紧凑性和节奏的变化，确保观众能够在合适的时间节点上获得情感的释放与共鸣。

4. 主题的呈现

每个章节都应当在某种程度上服务于影视剧作的主题，通过不同的情节展现来逐步深化主题。例如，在一部关于家庭关系的影片中，可以将不同家庭成员的视角作为独立的章节，通过多角度的叙述来丰富主题的表达。这种章节划分不仅能够增加叙事的层次感，还能使主题更加立体和深入。

（二）章节间的衔接

在影视剧作中，章节间的衔接不仅关系到剧情的流畅推进，还关系到观众的观影体验。有效的章节衔接能够在不同场景和情节之间建立起逻辑联系，使故事叙述更为紧凑和连贯。通过巧妙的衔接，不同章节的情节可以相互呼应，从而增加故事的层次感和深度。

1. 情节的自然发展

情节的自然发展要求每一章节的结束都为下一章节的开始铺垫好情节线索。例如，在一部悬疑剧中，一个章节的结尾会揭示一条关键线索，而下一章节会围绕这条线索展开进一步的探讨和解谜。这种方式不仅能使情节保持紧凑，还能保持观众的兴趣和注意力。通过这种自然的情节过渡，观众能够更轻松地跟随故事的发展，持续关注剧情。

2. 角色的发展和转变

角色的成长、心理变化和关系的演变都可以成为章节之间的连接点。在一部人物驱动的剧情片中，展示角色在不同情境下的反应和决策可以自然地连接章节。例如，主人公在某一章节中经历了一次失败，而在下一章节中，他可能会通过回顾和反思找到新的解决方案并付诸行动。这种角色内在变化的展示，不仅推动了剧情的发展，也增强了观众对角色的认同感。角色的变化和发展使得故事更加生动与真实，从而使观众更深入地理解角色的内心世界。

3. 视觉和听觉元素的利用

通过场景的切换、色调的变化、音效的衔接等手段，可以在不破坏故事连贯性的前提下，实现章节间的自然过渡。例如，通过一场暴风雨结束一个章节，紧接着用晴天的景象开启下一章节，这种对比不仅能增强视觉冲击力，还能在无形中提示时间的流逝和情境的变化。视听元素的巧妙运用能够增强故事的感染力，使观众在视觉和听觉上得到满足。

（三）章节式结构的优缺点

章节式结构在影视剧作中是一种较为独特且富有创造性的结构形式。通过将故事划分为若干独立但相关的章节，观众能够在观看过程中获得分节阅读的体验。这种结构形式不仅能够为创作者提供更多的叙事自由，还能提升观众的参与感和增加观众的思考深度。章节式结构也对创作者的叙事能力提出了更高的要求，并可能给部分观众的观影习惯带来挑战。以下是章节式结构在影视剧作中的优缺点。

1. 章节式结构的优点

章节式结构能够为创作者提供更多的叙事自由。每一章节均可以独立成篇，拥有自己的故事线和人物发展，不必严格依赖于前后章节的连续性。这种灵活性使得编剧和导演在设计剧情时有更大的创作空间，可以更加自由地探索不同的叙事手法和艺术风格。例如，不同章节既可以采用不同的视角、叙事时间和地点；也可以在艺术风格上进行大胆尝试，如使用不同的摄影风格、色调和音乐。这种多样性不仅能丰富影视作品的艺术表现力，也能增强每一章节的吸引力。

章节式结构有助于提升观众的参与感和增加观众的思考深度。由于每一章节都具有独立性，所以观众在观看每一章节时需要自行调动记忆和理解力，将各个章节的内容联系起来，形成完整的故事脉络。这种观影方式不仅能够增强观众的互动性，还能激发他们对剧情和角色的深入思考。观众在观看过程中需要不断地进行信息整合和推理，这种主动参与的过程使得观赏体验更加丰富与多层次。观众可能会在观看后进行讨论和分析，进一步加深对作品的理解及感受。

2. 章节式结构的缺点

章节式结构对编剧和导演的叙事能力提出了更高的要求。每一章节虽然独立，但是要与整体故事线紧密相连，这就需要创作者在设计剧情时能够巧妙地平衡独立性与连贯性，避免出现剧情脱节或逻辑混乱的情况。创作者需要精心设计每一章节的内容，使其既具备独立的故事价值，又能够与整体剧情无缝衔接。这种平衡的实现不仅要求创作者具备高超的叙事技巧，而且需要他们具备全局把控能力。

章节式结构可能会对部分观众的观影习惯造成一定的挑战。习惯线性叙事的观众可能会在章节式结构的影视剧作中感到困惑，甚至失去观影兴趣。章节式结构需要观众在观看过程中保持高度的注意力和记忆力，那些喜欢一气呵成、连贯叙事的观众可能会感到不适应。如何在保持创新性的同时兼顾观众的接受度，是创作者需要认真思考的问题。创作者需要在章节的过渡和提示方面做出更加明确的设计，以帮助观众更好地理解剧情的发展。

第二节　影视剧作各部分的安排

一、开篇与引入

（一）吸引观众的开篇技巧

影视剧作的开篇是否具备吸引力直接关系到观众是否愿意继续观看。开篇的设计应当具备强烈的吸引力，能够迅速抓住观众的注意力。常见的开篇技巧包括悬念设置、情感共鸣和震撼场景等。

悬念设置可以通过制造疑问或紧急情况，使观众产生强烈的好奇心和期待感。开场的场景可以展示一个看似无解的谜团，或者呈现一个即将爆发的危机。这种方式不仅能迅速吸引观众的注意力，还能为后续情节的发展奠定基础。心理学研究结果表明，人类天生对未解之谜有着强烈的探究欲，巧妙的悬念设置能够有效地调动观众的兴趣。

情感共鸣通过刻画令人感动或引发共鸣的人物和情节，使观众在情感上与影视剧作产生连接。展示人物的生活片段或内心世界，能够使观众在短时间内对人物产生好感或同情心。例如，一个失去亲人的角色在开篇中展现出的痛苦和孤独感，能够迅速引起观众的共鸣。情感共鸣不仅能吸引观众，而且能为后续故事情节的发展奠定情感基础，使观众更加投入故事。

震撼场景通过视觉和听觉上的强烈冲击力，将观众迅速带入故事的世界。这种方式通常通过高质量的特效、独特的拍摄手法和紧张的配乐来实现。一场激烈的追逐戏或战斗场面，不仅能为观众带来视觉上的享受，还能迅速提升观众的肾上腺素水平，使观众对接下来的剧情充满期待。震撼场景需要与故事的主题和基调相符，否则容易给观众造成心理落差。

（二）引入主要冲突的方法

引入主要冲突的方法多种多样，但其核心目的是在早期阶段明确剧作的主要矛盾和人物动机。巧妙地引入冲突不仅能增强故事的张力，还能为角色塑造提供丰富的素材。引入主要冲突的方法主要有以下三种。

1．通过事件驱动的方式引入主要冲突

通过事件驱动的方式引入主要冲突的方法通常在开篇的前几分钟内引发一个突发事件，使观众立刻意识到故事的核心问题。例如，在某部影片中，冰山撞击事件迅速将观众带入灾难的紧张氛围中。这样的事件不仅可以瞬间勾起观众的好奇心，还可以通过具体情景展示角色在面对困境时的反应，从而塑造角色的性格和动机。事件驱动的冲突引入能够迅速建立故事的紧张感，为后续剧情的发展铺垫基础。

2．通过人物关系的张力引入主要冲突

通过人物关系的张力引入主要冲突的方法依赖角色之间的复杂关系和潜在的矛盾。例如，在某部影片中，家族成员之间的权力斗争和忠诚考验成为主要冲突的核心。通过对这些关系的描绘，观众不仅能感受到角色之间的情感纠葛，还能深入地理解冲突的深层次原因。这种方法有助于建立丰富的人物关系网络，并为后续剧情的发展提供源源不断的动力。角色之间的张力和情感纠葛，往往是推动故事发展的重要力量。

3．通过设置悬念和谜团引入主要冲突

编剧可以在开篇时设置一些未解之谜或令人费解的情节，引导观众对故事产生浓厚的兴趣。例如，在某部影片中，通过对梦境和现实的模糊界限的描绘，将观众引入一个充满悬疑的世界。这种方法不仅能激发观众的好奇心，还能通过逐步揭示真相的过程，增强故事的吸引力和深度。因此，悬念和谜团的设置，能够吸引观众在观影过程中不断追寻答案，从而保持对故事的高度关注。

二、情节高潮与转折点

（一）高潮设置的原则

高潮不仅承载着故事的核心冲突和情感张力，还决定了观众的观影体验和故事的整体节奏。编剧在设置高潮时需要遵循以下四项原则，以确保剧情的连贯性和观众的情感共鸣。

1. 紧密围绕剧作的核心冲突展开

核心冲突是故事的驱动力，推动着情节的发展和角色的成长。高潮作为剧情的顶点，必须直指这一冲突的核心，使观众对角色的命运和故事的发展充满期待与紧张感。例如，在经典的英雄电影中，高潮通常是英雄与反派的最终对决，这一场景不仅展示双方的实力对比，还揭示他们各自的信念和动机。

2. 具有强烈的情感冲击力

情感是影视剧作的灵魂，观众通过角色的喜怒哀乐来感受故事的魅力。一个成功的高潮场景，往往能够引发观众的共鸣，使他们在情感上与角色产生共鸣。编剧可以通过精心设计的对白、富有张力的动作场面及巧妙的情节反转来增强高潮的情感冲击力。例如，在浪漫爱情剧中，高潮往往是男女主角在经历重重误会和挫折后，终于坦诚相对、表白心意的时刻。

3. 与前后的剧情保持连贯和一致

高潮是整个故事结构的一部分。编剧在设计高潮时，需要考虑到前面的铺垫和后续的结局，使高潮场景既能承前启后，又能自然过渡。通过合理的情节安排和细致的情感铺垫，高潮能够给观众带来浑然一体的观感体验。

4. 具有一定的创新性和独特性

在信息爆炸的时代，观众的审美需求不断提高，渴望看到新颖独特的剧情设计。编剧在设计高潮时，可以尝试打破常规，融入意想不到的情节反转和独特的表现手法，以达到出其不意的效果。创新并不意味着脱离剧情的合理性，编剧需要在独特性和逻辑性之间找到平衡点。

（二）转折点的设计技巧

在影视剧作中，转折点不仅能够推动情节的发展，还能强化观众的情感体验。转折点的设计需要结合角色的动机、情节的逻辑及观众的期望，达到既出其不意又在情理之中的效果。以下将探讨如何通过突发性和不可预估性、角色内心冲突和成长、主题和基调的统一性及节奏把握来设计令人难忘的转折点。

1. 突发性和不可预见性

即便观众在情节发展中有所预感，转折点的出现仍需在时间和方式上出乎意料，以保持观众的兴趣与紧张感。成功的转折点的设计必须在时间节点上出人意料，并通过精巧的安排，给观众带来震撼和惊喜，使观众始终保持高度的关注与情感投入。例如，在一个看似平静的场景中，突然爆发的冲突或意外事件可以有效地打破观众的预期，增强戏剧张力。

2. 角色的内心冲突和成长

成功的转折点不仅是情节变化的体现，而且是角色内在发展的体现。例如，主角在经历重大事件后，做出与之前完全不同的决定，这一转折点不仅推动了情节的发展，还突显了角色的内在变化和成长，使观众对角色产生更深的共鸣。角色的内心冲突和成长，通过转折点得以更深层次地展现，不仅丰富了角色的形象，也增强了故事的情感厚度。

3. 主题和基调的统一性

转折点应服务于整体故事的主题，帮助揭示或强化核心思想。如果一个转折点与故事的主题背道而驰，那么这个转折点就会显得突兀，甚至破坏整个故事的连贯性。因此，编剧在设计转折点时，必须时刻牢记故事的核心主题，确保每个转折点都能自然地融入整体情节结构中。这样不仅能够保持故事的连贯性，而且能够使转折点更具意义和深度。

4. 节奏的把握

过于频繁的转折点可能会使观众感到疲惫和混乱，过于稀少的转折点则可能使情节显得平淡乏味。编剧需要巧妙地安排转折点的出现，使其能够在不过度消耗观众情感和注意力的同时，保持观众的兴趣。通过合理控制节奏，可以使转折点在合适的时机发挥最佳效果，推动故事走向高潮。

三、结局与收尾

（一）结局的类型

结局是全剧的收尾部分，是观众情感的最后宣泄点。结局的类型多种多样，涵盖了不同的艺术表达形式和观众期待，具体如下。

1. 圆满结局

圆满结局通常出现在喜剧和爱情片中。主人公在经历了种种挑战和困难后，最终实现了自己的目标，获得了美满的结局。这种结局类型往往可以满足观众的情感需求，为其带来心理上的愉悦和满足感。观众通过主人公的成功和幸福，能够获得正能量的体验。

2. 悲剧结局

悲剧结局主要出现在戏剧和悲剧类影视作品中。这种结局通常以主人公的失败、死亡或无法实现目标为结尾，给观众带来深刻的情感冲击和思考空间。悲剧结局的意义在于，通过展示人类的无奈和命运的不可抗拒，唤起观众对人性和社会的深层次反思。这种结局类型能够引发观众的共鸣和同情心，使观众在观看后难以忘怀。

3. 开放式结局

开放式结局是现代影视剧中颇具吸引力的一种类型。这种结局不提供明确的结论，留给观众无限的想象空间和讨论余地。开放式结局可以在剧情的关键点戛然而止，不揭示最终的结果。这种类型的结局往往会引发观众的深思和讨论，增加作品的艺术性和深度。观众在观看完毕后，会因为未解的悬念和多种可能性而持续思考与交流。

4. 神秘或悬疑结局

神秘或悬疑结局是悬疑片和惊悚片的常见选择。这类结局通常通过出人意料的反转或未解的谜题，给观众留下深刻的印象和震撼。神秘结局不仅能保持观众的紧张感，还能在影片结束后继续延续观众的好奇心和兴趣。由于其复杂性和不可预测性，这类结局往往能够吸引观众反复观看和思索。

（二）结局的情感回馈

结局的情感回馈不仅承载角色命运的最终展现，也引导观众对故事的最终评价和情感释放。编剧需要精心设计结局的情感回馈，使之既符合故事逻辑，又最大限度地触动观众的内心。

　　结局的情感回馈应当与整部剧的情感基调保持一致。观众在观看过程中积累的情感期待需要在结局处得到合理的释放。例如，在悬疑片中，结局揭示真相的瞬间应当带来强烈的震撼与解脱感，因为观众在整个过程中一直在紧张地等待答案；在爱情片中，主人公的最终团聚或离别则需要唤起观众的共鸣与感动，这样才能让观众感受到情感的高潮。通过精确的情感回馈，结局不仅能为观众带来深刻的情感体验，还能使整个故事更加完整。

　　结局的情感回馈应与角色的发展和成长相呼应。角色在故事中的历程、变化和最终命运都应在结局处得到合理的总结及展现。观众通过角色的情感经历与成长历程，能够感受到角色是真实的、立体的，从而在结局时产生更强烈的情感共鸣。例如，在一部温馨的成长题材电影中，主角是一个性格内向、缺乏自信的少年。随着故事的推进，他经历了友谊的考验、家庭的温暖以及个人挑战的胜利，逐渐学会了勇敢表达自我，克服了内心的恐惧与不安。影片的结局，是在学校的才艺展示会上，主角鼓起勇气站在舞台上，用一首自己创作的歌曲打动了全场观众，赢得了雷鸣般的掌声和同学们的认可。这一刻，不仅标志着他个人成长的巅峰，也是观众情感累积后释放的高潮。

　　在设计结局的情感回馈时，编剧要考虑观众的多样化需求。不同的观众群体对结局的期望可能有所不同：一部分观众可能期望一个大团圆的美好结局，另一部分观众则可能更倾向于开放性或悲剧性的结局。因此，在平衡故事逻辑和观众期望的基础上，编剧可以通过多种手段（如多线叙事、开放式结局等）来满足不同观众的情感需求。这样不仅能够使结局具有更广泛的吸引力，还能使影视剧作更加多元化。

四、过渡段落与桥段设计

（一）过渡段落的功能

　　在影视剧作中，过渡段落的主要目的是连接不同的情节、场景或章节，确保叙事的连贯性和流畅性。通过合理设计的过渡段落，观众能够自然地从一个情节转向下一个情节，从而维持对故事的关注和理解。过渡段落不仅是时间与空间的转换工具，而且是情感和心理状态的桥梁，能够使角色的发展与情节的推进更加深刻和有层次。

　　在叙事结构上，过渡段落起到衔接的作用。通过细腻的描写和巧妙的安排，故事的各个部分可以紧密相连，避免产生突兀和割裂感。一个成功的过渡段落能够无缝连接不同的情节，使观众感受到故事的连续性和完整性。例如，一个简单的场景转换可以展示环境的变化、时间的推移及角色内心世界的转变，从而为后续情节的发展提供必要的铺垫和解释。

在背景信息的补充上，过渡段落可以补充细节、深化主题。这些段落不仅能够传递信息，还能够通过细腻的情感描写和富有象征意义的镜头语言，使观众在不经意间感受角色的心理变化及情感波动。例如，一个细致的场景描写可以展示角色的内心挣扎和转变，从而使观众更加深刻地理解角色的动机与行为。

在情感节奏的控制上，过渡段落起到关键作用。通过缓和或加速情节进展，过渡段落能够调节观众的情绪，增强叙事的张力和感染力。一个精心设计的过渡段落，可以通过细腻的情感描写和富有象征意义的镜头语言，使观众在不经意间感受到角色的心理变化及情感波动，从而更深刻地理解角色的动机和行为。

（二）桥段设计的创意

富有创意的桥段不仅能推动情节发展，还能引发观众的情感共鸣，从而增强故事的张力。为了实现这一目标，桥段设计需要兼具创意和逻辑性，以在叙事结构中起到承上启下的作用。独特且富有创意的桥段能显著提升影视剧作的品质，给观众留下深刻印象。

1. 深刻理解故事的主题与人物的心理动机

每个桥段都应服务于故事的整体叙述，避免因脱离主线而显得突兀。通过反转、悬念和意外等手法，可以增强戏剧张力。例如，在关键时刻引入一个出乎意料的人物或事件，可以打破观众的预期，增加故事的层次感。这不仅能为剧情注入新的活力，而且能使观众保持高度的兴趣和投入。

2. 结合视觉和听觉元素

通过画面构图、灯光效果、音效与配乐等方面的协调，能够共同创造出极具冲击力的场景。例如，使用快速剪辑和强烈的音乐节奏，可以营造紧张、急迫的氛围；使用缓慢的镜头运动与柔和的背景音乐，能够形成宁静、深沉的情感体验。

3. 注重角色的塑造和互动

桥段中的对话和行为不仅要符合角色的性格设定，还要推动角色的发展及转变。通过细腻的角色刻画和深刻的情感交流，可以赋予桥段更深层次的意义。例如，两个角色在危急时刻的默契合作，或他们矛盾冲突的和解，都能通过桥段的精心设计，为故事增加情感层次。

第三节　影视剧作结构的整体性与协调性

一、整体布局的统一性

（一）主线与副线的统一

主线通常是指故事的主要情节或中心冲突，贯穿整个剧作，推动情节发展。副线则是指围绕主线展开的次要情节或支线故事。主线和副线的关系需要创作者进行精心设计，以确保它们既能够独立存在，又能够相互补充和强化，最终形成一个有机的整体。

主线与副线的统一体现在主题的一致性上。主线与副线应服务于影视剧作的主题，同时围绕核心思想展开。这样可以避免副线与主线脱节或者偏离主题的情况发生，从而增强故事的凝聚力。例如，在一部关于成长与自我发现的影片中，主线是主人公的成长历程，副线则可以是支持这一主题的友情、爱情或家庭关系。通过这种一致性，观众能够更好地理解和共鸣于影片的核心思想。

主线与副线的统一体现在人物关系的交织与互动上。主线中的主要人物通常也是副线中重要的角色，这样可以通过人物关系的复杂性来丰富故事的层次。例如，在侦探剧中，主线是侦探破解一个大案件的过程，而副线可以是侦探与同事、家人或嫌疑人之间的关系。这些副线不仅能为主线提供情感和动机的背景，也能通过人物关系的交织增强故事的真实感和深度。

主线与副线的统一体现在情节发展的节奏和结构的协调上。主线的紧张与高潮需要副线的铺垫和缓解，副线的发展也需要主线的推动。通过交替推进主线和副线，编剧可以有效控制故事的节奏，保持观众的兴趣和期待。例如，在一部动作片中，主线的紧张追逐和对抗场面可以通过副线的情感戏份来缓和，以避免观众疲劳，同时为主线的下一次高潮做好铺垫。

（二）叙事逻辑的一致性

叙事逻辑的一致性不仅关系到情节的发展和角色的行为，而且直接影响观众对故事的理解和体验。为了确保叙事逻辑的一致性，编剧在创作过程中必须保持清晰的思路和严谨的逻辑推理，避免出现情节漏洞和角色行为反常的情况。

1. 保持连贯的因果关系

每个情节的发展都应当有其合理的原因和结果，这样才能使观众在观看过程中感受到故事的自然推进。例如，在一部悬疑片中，主人公发现线索的过程应当符合其智力水平和角色设定，而不是凭空出现的巧合。这种因果关系的维护既能增强故事的可信度，也会提升观众的代入感。

2. 注重角色行为的一致性

角色的行为应当与其性格、背景和动机相吻合，这样才能使观众对角色的行动产生认同感。如果一个角色在剧中突然做出与其性格完全不符的举动，观众就会感到困惑和不满，进而影响对整个故事的评价。例如，在一部爱情剧中，如果男主角一向表现得冷酷无情，却突然间无缘无故地表现得深情款款，这种转变就会显得突兀且不真实。

3. 注重时间线的合理安排

故事的时间线必须清晰且连贯，各个事件的发生必须遵循合理的时间顺序。如果在一部电影中，时间线混乱不清，观众就很难跟上故事的发展，甚至可能对剧情产生误解。因此，编剧在设计故事时，应仔细规划时间线，确保各个事件的衔接是自然且合乎逻辑的。

二、主线与副线的协调性

（一）主线与副线的分工

影视剧作中的主线是最核心的故事线，围绕主人公的主要目标和行动展开，驱动整个剧情的发展。主线不仅能明确主人公的动机、冲突和最终目标，还能通过一系列事件和情节推进来展示主人公在面对困难和挑战时的成长与变化。主线的存在使观众能够紧紧跟随故事的发展脉络，感受主人公的情感波动和命运转折。一个成功的主线应当具备清晰的目标、合理的冲突及引人入胜的情节发展，这样才能在观众心中留下深刻的印象。

副线相对于主线而言，是一些次要的情节线索，通常围绕配角的故事展开，或涉及主人公在主线目标之外的次要目标与行动。副线的作用在于丰富故事的层次和深度，使整个影视剧作更加立体和生动。副线的设计既可以提供更多的情感色彩和人际关系的复杂性，也能够引出重要的主题或提示主线中的关键点。尽管副线是次要的，但是它必须与主线紧密联系，既不能喧宾夺主，又要有独立的价值和意义，从而使故事更加完整和饱满。

在影视剧作中，主线与副线必须保持紧密的协调性。主线决定了故事的基本框架和整体走向，副线则为主线提供支持和补充，使故事更加丰满。协调好主线与副线的关系，能够有效避免剧情的松散和冗余，保证观众在观看过程中始终保持兴趣。通过巧妙的情节安排和人物塑造，主线与副线的完美结合不仅能提高影视剧作的质量，还能为观众带来更加深刻、丰富的观影体验。

（二）主线与副线的平衡

影视剧作中主线与副线的平衡不仅能推动情节的发展和角色的成长，还能增加故事的层次和丰富度。编剧需要通过精心设计的叙事结构，确保主线和副线在重要性与戏剧张力上相互呼应，而不是互相抵消。

1. 叙事节奏的把控

如果主线情节过于紧凑，副线就会显得冗长和无关紧要。编剧应合理安排主线与副线，令二者交替出现，使观众在关注主线高潮的同时，也对副线的发展保持兴趣。这样不仅能避免观众产生审美疲劳，还能通过副线情节的发展为主线的转折和情感铺垫提供支持。

2. 角色塑造

主线角色通常是故事的主要推动者，他们的目标和动机直接影响故事的发展；而副线角色通过自身的故事来丰富主线角色的背景或动机，或者提供对主线情节的反衬和补充。编剧在塑造角色时，应确保主线角色和副线角色关系紧密，避免使副线角色的故事变得毫不相干，从而影响整体叙事的连贯性。

3. 主题的统一

主线和副线应服务于影视剧作的核心主题，通过不同的视角和情节展开来探讨与深化主题。这样，观众在跟随主线情节的同时，能通过副线的故事获得对主题的不同理解和感受，使整个剧作在思想及情感层面上更加完整和深刻。

三、节奏与时间的把控

（一）叙事节奏的调控

叙事节奏直接影响观众的情感体验和对剧情的投入程度。调控叙事节奏需要根据剧情的发展、角色的情感变化及观众的心理预期进行精细设计。过快的节奏可能使观众难以跟上情节的发展，产生疲劳感；过慢的节奏则可能使观众感到无聊，失去对剧情的兴趣。因此，需要找到紧凑与松弛之间的平衡点，使观众在紧张和放松中获得最佳的观影体验。

在故事的不同阶段，对节奏的需求各异。开篇需要较快的节奏，以迅速吸引观众的注意力并建立基本的故事背景。进入中段后，节奏可以适当放缓，给予角色和情节更多的发展空间，使观众有时间进行情感的沉淀与思考。在故事的高潮部分，节奏应再次加快，达到情感和剧情的高峰。最终在结尾处通过节奏的调整引导观众进入一个满意的收尾过程。

叙事节奏的调控可以通过多种手段来实现，包括对白的速度、镜头的切换频率、音乐的节奏及动作场面的设计等。例如，快速切换的镜头和紧张的音乐可以增加场面的紧迫感；缓慢的镜头移动和悠扬的背景音乐则能营造宁静的氛围。这些手段的巧妙结合，不仅能够有效调控叙事节奏，而且能够增强观众的情感共鸣，使剧情更加生动和富有层次感。

（二）时间线的设计

在影视剧作中，时间线的设计为叙事提供了一个有序的框架，使故事能够在观众心中形成连贯的感受。成功的时间线设计能够引导观众的情绪波动，增强故事的戏剧张力。设计时间线时需要关注以下四个方面。

1. 明确故事的时间范围

故事的时间范围包括故事发生的总时间跨度及重要情节节点的具体时间。

时间跨度可以是几个小时、一整天、数年甚至跨越几十年，这取决于故事的需求和主题表达。明确的时间范围有助于编剧在叙事过程中保持一致性，避免出现时间上的混乱和逻辑漏洞。

2. 考虑情节的节奏安排

合理地分配高潮、低谷、转折点和缓冲段落，可以有效地控制观众的情感起伏，保持观众的注意力。高潮部分可以通过紧凑的时间安排来增强紧张感，而在情感低谷或转折点时适当延长时间，可以增加故事的厚重感和深度。

3. 关注角色的发展和变化

通过在时间线中合理安排角色的关键事件（如成长、转变、冲突及和解等）可以使角色更加立体和真实。角色的时间线应与主时间线紧密结合，确保角色的发展轨迹与整体故事逻辑相符。这样，观众可以更好地理解角色的动机和情感变化，从而产生更深的共鸣。

4. 考虑观众的接受度和理解力

在复杂的时间线设计中，编剧应通过明确的时间标记、镜头切换和台词提示等手段，帮助观众理解故事的时间进程。在非线性叙事中，编剧更需要通过巧妙的设计和多层次的提示，避免观众感到混淆和困惑。这些手段可以确保观众在观看过程中始终保持清晰的时间感知，从而享受故事带来的情感体验。

四、叙事逻辑的连贯性

（一）叙事逻辑的基本原则

叙事逻辑不仅关系到故事的铺陈和展开，而且直接影响到观众的观影体验和情感共鸣。要想成功地运用叙事逻辑，编剧和导演需要遵循以下四个基本原则，以确保故事的连贯性、因果关系、时间线的清晰性及情感逻辑的合理性。

1. 故事的连贯性和一致性

观众期待看到一个从头到尾都保持内在逻辑和一致性的故事，这不仅要求情节发展具有合理性，还要求人物行为具有逻辑性、动机具有可信性。如果故事的情节或人物行为显得突兀或不合理，观众就难以沉浸其中，进而影响他们对故事真实性的感受和情感共鸣。连贯性和一致性使观众能够紧跟故事的发展，理解、认可每个情节的变化和人物的成长。

2. 因果关系的明确性

观众需要清晰地看到故事中事件之间的因果链条，即每个事件都有其前因和后果。明确的因果关系不仅能够使故事更具逻辑性，而且能够帮助观众理解事件的背景和发展，从而对剧情和人物命运产生更深刻的理解及认同。缺乏因果关系的故事容易显得断裂和混乱，观众也难以建立对故事的逻辑预期，进而影响整体观感。

3. 时间线的清晰性

时间线必须明确且具有连贯性。观众需要理解时间的流动和故事的顺序，以便更好地跟随剧情的发展。在非线性叙事中，导演和编剧需要特别注意通过视觉线索或情节提示来引导观众理解时间的跳跃和倒叙的安排。这样可以避免观众因时间线混乱而感到迷失和困惑，确保他们能够紧跟故事的发展脉络。

4. 情感逻辑的合理性

人物在特定情境下的情感反应和行为应当符合其性格设定和之前的经历。合理的情感逻辑能够增加人物的真实感和立体性，使观众更容易产生情感共鸣，并在心理上接受和支持人物的行动。如果人物的情感反应和行为缺乏逻辑，观众就难以产生共鸣，甚至会对剧情的真实性产生怀疑。情感逻辑的合理性使得人物更加生动和可信，增强故事的感染力。

（二）逻辑连贯性的维护

在影视剧作中，逻辑连贯性不仅关系到故事情节的发展，还涉及角色行为、时间线安排、细节处理和主题情感线的统一。

1. 情节发展的内在一致性

每个情节的发生都需要有合理的前因后果，不能出现突兀或不连贯的情节跳跃。角色的行为动机和发展也必须符合其性格设定及所处的情境，避免出现违反人物性格或不符合逻辑的行为变化。这样，观众能在观看过程中感受到故事的自然流畅和真实可信。

2. 时间线处理的合理性

影视剧作常使用闪回、闪前和多线叙事等手法。这些叙事手法必须服务于影视剧作的整体叙事目的，并且在时间节点上的衔接要自然流畅。如果时间线安排不合理，观众就容易产生混乱感，影响观影体验。通过精心设计时间线，故事的层次感和观众的代入感可以得到显著提升。

3. 细节上的一致性

道具、场景及对话等细节需要高度一致与合理。细节的处理不仅是对观众智商的尊重，而且是对剧作质量的保证。处理得当的细节可以很好地提升观众的沉浸感，使整个故事更加真实可信。这种细节上的一致性能够增强观众对故事世界的信任感，从而提升整体观影体验。

4. 主题和情感线的统一性

影视剧作的主题和情感线应当贯穿始终，避免出现主题和情感线的割裂。一致的主题和情感线可以使观众在观看过程中始终保持情感共鸣，增强故事的感染力和影响力。这种情感上的连贯性能够使观众更深刻地理解和感受剧作所传达的信息与情感。

第四章　影视剧作的创作技巧

第一节　叙事风格与技巧

一、叙事视角的选择与运用

（一）第一人称视角

第一人称视角在影视剧作中是指由剧中角色作为叙述者，通过其自身的视角来讲述故事。这种视角的运用能够让观众更为直接地感受角色的情感和内心世界，从而增强叙事的亲近感和真实感。叙述者的主观性使故事更具个性，观众也更容易产生共鸣。通过第一人称视角，观众得以窥探角色的内心独白，深入理解角色的动机、情感和心理变化，这对塑造复杂而立体的角色形象具有重要作用。

第一人称视角在增强故事的悬念和紧张感方面有显著效果。由于叙述者只能提供其所见所闻的信息，观众无法获得全知全能的视角，这种信息的限制使剧情发展更具不确定性。观众必须通过叙述者的眼睛来逐渐拼凑出完整的故事，因此这种叙事方式能够有效地吸引观众的注意力，保持他们的兴趣。此外，第一人称视角中的不可靠叙述者（在故事中提供错误信息或不完全准确描述的叙述者）也能带来意想不到的反转和惊喜，使故事更为复杂和深刻。

在实际创作中，使用第一人称视角需要注意以下关键点。首先，叙述者的选择至关重要，应当是一个具有鲜明个性和独特视角的角色，以确保叙事的生动性和吸引力。其次，叙述者的语言风格应与其身份、背景相符，避免出现不符合角色性格和身份的表达。另外，叙述者的视角必须保持一致，避免在叙事过程中出现视角混乱，从而保证故事的连贯性和统一性。

第一人称视角在影视剧作中的应用可以通过多种形式展现，如角色的旁白、日记、书信或内心独白等。这些形式不仅能够丰富叙事手段，还能够增加故事的层次感和多样性。通过巧妙运用第一人称视角，编剧可以创造出更为引人入胜的叙事效果，观众也可以在观影过程中获得更加深刻和独特的体验。

（二）第三人称视角

在影视剧作中，第三人称视角允许作者以旁观者的身份来描述故事中的人物和事件，从而为叙事提供更为广泛的自由度。通过第三人称视角，编剧能够自由地切换场景和角色，展示多重视点下的故事细节，以便观众更全面地了解整个故事的背景和情节发展。这种视角不仅能够丰富故事的层次，还能够增加叙事的客观性，使观众从不同的角度审视剧情。

在实际创作中，第三人称视角可以分为两种类型：全知视角和有限视角。全知视角赋予叙述者无所不知的能力，能够从任何角度、任何时间点描述人物的内心活动和事件的发生过程。这种视角适用于需要展现复杂情节和多重人物关系的剧作，如历史剧和史诗剧。有限视角则限制了叙述者的知识范围，通常只展示某一特定角色的视角。这有助于保持故事的神秘感和紧张感，适用于悬疑剧和惊悚剧。

第三人称视角的运用可以通过不同的叙事手法来实现，如交叉叙事和回溯叙事。交叉叙事通过多个角色的视角交替进行，同时跟踪多个情节线的发展，增加故事的复杂性和趣味性。回溯叙事则通过回顾过去的事件，揭示角色的背景和动机，增加故事的深度和层次。这些手法不仅能够丰富叙事的表现形式，还能增强观众的代入感和情感共鸣。

第三人称视角在影视剧作中的成功运用，离不开对叙事节奏和情感张力的精准把握。编剧需要在不同情节的节点上巧妙地切换视角，保持故事的连贯性和逻辑性。同时，通过编剧细腻的情感描写和精心设计的对话，观众能够深入理解角色的内心世界，产生共鸣。这种视角的运用不仅能够增加叙事的丰富性，还能有效提升观众的观影体验。

二、叙事节奏的调控技巧

（一）快节奏与慢节奏的平衡

在影视剧作中，快节奏与慢节奏的平衡不仅影响故事的紧张感和情感深度，还直接关系到观众的注意力和兴趣保持。

快节奏的叙事能够加快情节推进，增强紧张感和刺激感，使观众保持高度的注意力。例如，动作片和惊悚片常常利用快速剪辑、紧凑的剧情发展及高强度的音乐配合，制造紧张和刺激的观感。这种叙事方式通过一连串的高能量场景和紧凑的时间安排，带给观众强烈的视觉和听觉冲击。然而，持续的快节奏会带来信息过载的风险，观众可能难以跟上剧情的变化，甚至忽略一些重要的情节或角色的细微变化。因此，在快节奏的叙事中，需要通过插入适当的过渡段落或慢节奏片段来缓解观众的紧张情绪，让他们有时间消化和理解前面的剧情发展。例如，在一部动作片中，在激烈的打斗场面之后可以通过一个安静的对话场景或角色的独处时刻来调节节奏，以便观众重新聚焦于角色的情感和心理变化。

慢节奏的叙事更多地关注细节和情感的铺陈，通过悠长的镜头、细腻的表演和细节描写，给予观众更多的时间与空间去感受角色的内心世界和故事的深层含义。文艺片和剧情片常常采用这种节奏，以强调人物的心理变化与情感张力。慢节奏能够让观众在情感上投入更多，但可能导致观众的注意力分散，尤其是在信息量较少的情节中。例如，一个角色的内心独白或一段悠长的风景镜头，可以让观众更深刻地体会角色的情感状态和故事的背景环境，但如果这些段落过长或较为频繁，可能会削弱整体故事的紧张感，减缓其推进速度。

快节奏与慢节奏的平衡，需要根据故事的类型、情节的发展和观众的心理预期进行调整。一部成功的影视剧作，往往能够在快节奏和慢节奏之间找到一个巧妙的平衡点，既保持观众的紧张感和兴趣，又通过细腻的情感描写与深入的内心刻画，增强故事的丰富度和层次感。例如，在一部悬疑剧中，紧张的追逐场面可以与角色的内心挣扎和情感纠葛相互交织，使观众在紧张的氛围中体会到角色的复杂性和故事的深度。

（二）紧张与松弛的节奏对比

在影视剧作中，通过在剧情中巧妙地交替使用紧张和松弛的场景，编剧可以有效地引导观众的情绪波动，使观众不仅能够保持对剧情的高度关注，而且能够在适当的时机得到情感上的缓解。这种节奏的对比在悬疑片、动作片及喜剧片中尤为常见。

紧张的节奏通常表现为快速的情节推进、紧密的剪辑及高亢的音乐和音效。这些元素结合起来，可以制造出一种紧迫感和危机感，使观众的情绪随之紧绷。例如，在动作片中，角色的快速移动、频繁的战斗场景和紧密的镜头切换，都会让观众感到身临其境，不自觉地为角色的命运担忧。这种紧张的节奏有助于提升剧情的紧凑感和观众的投入度。

松弛的节奏常通过缓慢的情节推进、舒缓的音乐和较长的镜头来实现。松弛的节奏可以让观众在紧张的剧情之后得到情感上的放松，从而更好地应对接下来的剧情发展。例如，在一部恐怖片中，一场紧张的追逐戏过后，角色可能会进入一个相对安全的环境，进行一些对话或反思。这种节奏的缓和不仅有助于角色形象的深入刻画，而且可以为接下来的紧张场景预留情感空间，使观众不会因为持续的高压而感到疲惫。

紧张与松弛的节奏对比不仅是为了调控观众的情绪，而且是为了服务于故事的整体结构和主题表达。通过节奏的巧妙安排，编剧可以有效地突出剧情的高潮部分，避免观众在高潮过后感到情感上的空虚。例如，在一部悬疑片中，通过紧张的侦查过程和松弛的心理剖析，编剧可以让观众不仅被情节所吸引，更能够深刻地体会到角色内心的复杂性和故事背后的深意。

（三）高潮与平缓的节奏转换

在影视剧作中，高潮与平缓的节奏转换不仅影响观众的情感体验，还直接关系到剧情的整体流畅度和吸引力。

高潮部分通常是剧情的高峰，观众的情感在此刻达到顶点。编剧需要在高潮前逐渐积累冲突和悬念，使观众产生强烈的期待和紧张感。情节的推进、角色的心理变化和对话的设计都需要精心安排。高潮时刻通常伴随着关键事件的发生，这一事件将对剧情产生重大影响，甚至可能改变整个故事的走向。借助这种方式，剧情在高潮部分达到一个情感和戏剧的顶点，使观众完全沉浸其中。

高潮的强烈情感体验不能持续太久，否则会让观众产生疲倦感。高潮之后需要适时进行节奏的平缓转换。这种转换不仅让观众有时间消化之前的激烈情感，还为接下来的剧情发展做好铺垫。在这一过程中，编剧可以通过细腻的情感描写、角色的内心独白和较为平静的对话来实现节奏的缓和。这样的安排使剧情在高潮之后不会显得仓促或突兀，而是有条不紊地进行，保持整体叙事的连贯性。

节奏的平缓并不意味着剧情的发展停滞。平缓期可以用来深化角色关系、揭示潜在矛盾或提供新的信息，从而为下一次的高潮做好准备。借助这种方式，故事的节奏可以波澜起伏，使观众始终保持对剧情的关注和期待。编剧需要在高潮与平缓之间找到一个平衡点，既保证情节的紧张刺激，又给观众适当的"喘息"机会。这种平缓的安排既能为观众提供一个情感和感受剧情的缓冲区，又能使观众更好地跟随剧情的发展。

三、叙事悬念的设置与解构

（一）悬念的设置方法

悬念是影视剧作中引人入胜的重要手段，其核心在于引发观众的好奇心和期待，使观众对剧情的发展产生浓厚的兴趣。通过巧妙的设计和安排，编剧可以利用多种方法来设置悬念，从而让观众始终保持对剧情的关注和期待。

1. 设置未解之谜

在剧情中引入一个或多个无法立即解答的问题（如"谁是凶手？"或"主角能否逃脱困境？"等），会在观众心中留下疑问，促使他们不断思考和猜测，并期待答案的揭晓。未解之谜不仅能引发观众的好奇心，还能通过不断变化的线索和情节发展，保持观众的持续关注。

2. 引入时间压力

通过安排紧迫的时间限制（如倒计时或临近的危险事件等），观众会产生紧张感和紧迫感，急于知道角色能否在有限的时间内完成任务或避开危险。这种方式能够有效增加剧情的节奏感，使观众更加投入剧情，体验到角色面临的压力和挑战。

3. 塑造复杂角色关系

通过塑造多层次的角色关系（如隐藏的敌对、未解的恩怨或潜在的情感纠葛等），观众会对角色的动机和行为产生疑问与猜测。这种方法不仅能够增加剧情的深度，还能够激发观众对角色命运的关注，使观众渴望了解更多关于角色之间关系的真相。复杂的角色关系往往暗藏玄机，为剧情发展提供丰富的可能性。

4. 适时揭示信息

通过逐步揭露关键信息，制造阶段性的高潮和转折点，可以有效保持观众的兴趣。信息的揭示应当有节奏、有层次，避免一次性透露过多信息，造成悬念的提前解构。巧妙地安排信息的揭示时机和方式，可以不断引导观众的情绪波动，维持剧情的紧张感和悬念感，使观众始终处于期待和猜测中。

（二）悬念的逐步揭示

在影视剧作中，悬念逐步揭示的核心在于通过层层推进的方式，逐步引导观众进入故事的深层次情节，从而保持对剧情的持续兴趣和紧张感。悬念的逐步揭示不仅增强剧情的紧张感和观众的期待感，还通过细节的铺陈及信息的递进，增加故事的复杂性和深度。

编剧通常会利用不同的人物视角、事件的交错及时间线的非线性处理来制造层层递进的效果，通过主角的视角逐步发现真相。观众与主角一同经历这一过程，从而产生强烈的代入感和情感共鸣。同时，编剧可以通过配角或反派的视角，提供一些关键但未揭示全貌的信息，进一步增加悬念的深度和层次。

逐步揭示悬念需要高超的叙事技巧和节奏把控。在适当的时机提供足够的信息，可以维持观众的兴趣和紧张感，但不能过早或过多地揭示关键情节，以免导致悬念的提前解构。通过巧妙地控制剧情的发展节奏，编剧能够让观众在不断的猜测、期待和惊讶中，始终保持对故事的高度关注。

细节的铺陈和伏笔的埋设是逐步揭示悬念的重要手段。编剧在早期情节中埋下各种伏笔，这些伏笔在故事发展的过程中逐渐被揭示和解构，从而形成环环相扣、彼此呼应的叙事结构。这样的设计能够增强故事的连贯性和逻辑性，让观众在揭示悬念的过程中得到意想不到的惊喜与满足感。

（三）悬念解构的技巧

解构悬念需要在观众期待的基础上，给予合理且令人信服的解释，从而实现戏剧效果的最大化。

1. 遵循逻辑一致性原则

无论悬念多么复杂或出人意料，其解答必须是合乎逻辑的，不能违背影视剧作本身的世界观和人物设定。若解答悬念的过程牵强附会，则观众会产生不信任感，进而影响整体剧情的严肃性与观赏性。因此，编剧在解构悬念时，需要确保所有线索环环相扣，最终的解答能够自然而然地完成。例如，在一部侦探剧中，所有的线索和证据必须合理指向真凶，任何无根据的猜测都会削弱剧情的可信度。

2. 注重情感共鸣

悬念的解答不仅是理性的推理过程，更应触动观众的情感。例如，适时揭示人物的内心秘密或困境，可以增加情节的情感深度，使观众在解答悬念的同时产生强烈的情感共鸣。这样不仅能增强观众的代入感，还能提升剧情的感染力和记忆点。例如，在一部家庭剧中，当揭示出主人公的某个重大秘密时，这个秘密不仅解答了剧情中的悬念，还能引起观众对人物命运的深切关注。

3. 结合反转技巧

反转是指在观众预期的基础上，为观众提供出乎意料的解答，从而制造戏剧冲突和惊喜效果。在解构悬念时，巧妙的反转不仅可以打破观众的预期，还能提升剧情的紧张感和趣味性。然而，反转的运用应适度，过度或频繁的反转可能会导致观众疲劳，且削弱剧情的可信度。

4. 考虑节奏控制

解构悬念的时机和节奏直接影响观众的观看体验。过早解答悬念可能会削弱剧情的张力，而过晚解答悬念可能导致观众失去兴趣。因此，编剧需要在剧本结构中合理安排悬念的解答时间点，确保观众在持续的悬念期待中，获得适时的满足和惊喜，保持剧情的连贯性和吸引力。

四、多线叙事的结构与协调

（一）主线与支线的编排

在多线叙事中，主线通常承载着故事的核心冲突和主要情节，是观众理解故事的关键；支线则补充和扩展主线，通过提供背景信息、丰富角色形象或揭示主题深意来增强故事的整体性和多样性。

1. 明确主线的核心主题和情节推进方向

主线应当具有明确的目标和冲突，并通过持续的发展和变化保持观众的兴趣。主线的故事情节需要紧凑且具有连贯性，确保观众能够始终跟随故事的发展。支线则应当围绕主线展开，并作为主线的有力补充。支线情节不应独立于主线存在，而应通过巧妙的交织和互动，与主线形成有机的整体。这种交织不仅能够增加故事的复杂性，还能通过不同视角的呈现，丰富观众的情感体验和对故事的理解。

2. 主线与支线的节奏控制

多线叙事的节奏需要平衡主线与支线的发展速度，避免某一条线索过度拖沓或过于突兀。通过精心设计的剪辑和叙事节点，可以在主线与支线之间建立合理的过渡和衔接，保持叙事的流畅性和连贯性。例如，在紧张的主线情节之后，可以插入较为缓和的支线情节，给观众提供情感上的"喘息"空间，同时为后续的情节发展做好铺垫。合理的节奏控制能够确保观众在紧张和放松之间体验多样的情感波动，使故事更加动人。

3. 主线与支线之间的信息传递和线索管理

主线与支线之间的信息传递应当自然且不显突兀，通过角色的互动、情节的交织和细节的铺垫，逐步揭示故事的全貌。观众需要通过不断的线索拼接和推理，逐渐理解故事的全貌与隐藏的真相。因此，在编排主线与支线时，应当注重线索的设置和信息的掌控，既保证观众的理解，又留有适当的悬念和惊喜。信息的有效传递能够增强故事的层次感，使观众在解谜的过程中获得更深层次的满足感。

（二）多线并行的协调

在影视剧作中，多线并行的叙事结构能够为故事增添层次感和复杂性，但是对编剧的结构安排和情节协调能力提出了更高的要求。在多线叙事的过程中，如何协调各条叙事线的节奏、情感和主题，是决定作品成败的关键。

1. 时间控制

多线并行叙事的协调需要精确的时间控制。各条叙事线的事件发生时间应当有合理的交叉和衔接，避免出现时间错乱或逻辑不连贯的情况。编剧需要在整体框架中设定好时间节点，确保各条线索能够在关键时刻有效互通，形成完整的叙事链条。例如，在一部刑侦剧中，侦探的调查线和罪犯的逃亡线需要在关键证据出现的时刻进行交汇，从而推动剧情的发展。

2. 情感过渡

多线叙事要求在情感上进行巧妙的协调。不同的叙事线可能承载着不同的情感基调，如一条线索主打紧张刺激的动作场面，另一条线索可能是温情脉脉的家庭戏。这就需要编剧在编排时注意情感的过渡，避免因情感跳跃过大导致观众出戏。通过在情感高低点之间设置缓冲情节，或利用音乐和镜头语言进行过渡，可以有效平衡不同线索的情感节奏，增强观众的代入感。

3. 主题协调

多线叙事在主题上的协调是十分重要的环节。各条叙事线应当服务于作品的整体主题，形成统一的主题表达。例如，在一部探讨人性复杂性的剧作中，不同线索可能分别展示人性的不同面，如善与恶、忠诚与背叛等。这就要求编剧在设计情节时始终围绕核心主题展开，使各条线索既相互独立，又能在主题上相互呼应，共同深化作品的思想内涵。

4. 角色关系设计

多线并行叙事的成功依赖角色关系的精心设计。各条叙事线上的角色应当有紧密的联系，或在关键时刻通过某种方式产生交集。这样不仅能增加叙事的紧凑感和戏剧性，还能通过角色互动丰富人物形象，推动情节发展。

第二节　对话语言与技巧

一、对话的功能与作用

(一) 推动情节发展

在影视剧作中，通过角色之间的交流，观众能够更直接地了解剧情的进展和变化。对话不仅揭示角色的动机、情感和思想，还能制造悬念及紧张感，吸引观众的注意力。例如，在一部侦探剧中，侦探与嫌疑人的对话逐步揭开案件的真相，推动剧情向高潮发展。这样的设计不仅为观众提供关键信息，还让观众紧跟角色的发现过程，从而感受到情节的递进与变化。

对话在细节和暗示方面具有独特的功能。角色在对话中可能不会直接陈述事实，而是通过隐喻、反问或间接的表达方式来传递信息。这种对话方式能够增加剧作的深度和层次感，引发观众的思考和猜测，使剧情更加复杂和引人入胜。这种隐晦的表达方式不仅能丰富剧情，而且能增强观众的参与感。

对比和冲突是对话推动情节发展的重要方式。角色之间的对话往往包含不同的观点、立场和性格特征，这些对比和冲突制造戏剧张力，推动情节的发展。通过对话中的冲突，观众可以更清晰地看到角色之间的矛盾和斗争，从而更深入地理解剧情的发展过程。

（二）揭示角色心理

在影视剧作中，通过精心设计的对话，编剧可以将角色的内心世界展现给观众。对话不仅是传递信息的手段，更是塑造角色的关键。一个人物的心理状态、情感波动、内心冲突等，都可以通过对话自然地表现出来。这种揭示方式比直接的内心独白或旁白更为隐晦、有效，能够让观众在不知不觉中理解和感受到角色的复杂性。

编剧在设计对话时，需要特别注意语言的细节和层次。不同的语气、措辞、句式都能传达出不同的心理状态。例如，短促、断续的对话可能透露出角色的紧张和焦虑；而长句、复杂的表达则可能显示出角色的犹豫和内心的挣扎。通过对话的细微差别，角色的心理活动被巧妙地揭示出来，人物形象变得更加立体和生动。

潜台词是揭示角色心理的重要手段。潜台词是指对话中未被明说但含义深刻的部分，它需要观众通过上下文、语境和角色的表现来理解。通过潜台词，编剧可以在对话的表层之下隐藏更深层次的意图和情感。例如，一个角色在表面上说着无关紧要的话，但实际上是在传达内心的困惑、恐惧或深藏的秘密。通过对话表层和潜台词的双重作用，角色的心理状态得以多维地展现出来。

对话的间接性是揭示角色心理的有效方式。角色在与他人的交流中，可能会通过谈论他人或第三者，间接地表达自己的内心感受和态度。这种方式不仅能够增加对话的层次感，还能通过对比和映射，更深刻地揭示角色的心理。例如，一个角色在谈论朋友的失败时，可能是在表达自己对未来的不安和恐惧。通过这种间接的方式，观众可以更深刻地理解角色的内心世界。

（三）传达主题思想

在影视剧作中，通过对话，编剧能够潜移默化地将作品的核心理念和价值观传递给观众。角色之间的对话可以揭示他们的内心世界、思想动机和价值判断，这些对话在某种程度上成为观众理解剧情与主题的关键线索。例如，在一部社会题材的电影中，主人公与反派的对话可能集中表达了对社会不公的控诉和对公平正义的呼吁，通过这种对话，编剧能够在推动情节发展的同时将作品的主题思想深植于观众的心中。

对话的设计应当具有层次感和递进性，以逐步揭示主题思想的深度和广度。浅显的对话可以铺垫角色的基本情绪和态度，而深层次的对话能够挖掘角色的内在冲突和价值取向。这种多层次的对话设计使主题思想的传达更加丰富和立体。对话还可以通过反讽、隐喻等修辞手法来传达主题思想。例如，隐喻性的对话能够在表面意义之下隐藏更深层次的含义，促使观众在观影后进行思考。这种对话的设计不仅可以增加影片的文学性，而且可以在无形中强化主题思想的表达。

在对话的创作过程中，编剧需要注意对话的自然流畅性和真实性，使其既能服务于主题思想的传达，又不显得生硬与做作。自然的对话能让观众更加信服和投入，从而更有效地接受作品所传递的主题思想。编剧可以通过细致的角色设定和情境设计，让对话自然而然地流露出关于角色的真实情感和思想，从而传递作品的主题思想。

二、角色对话的个性化

（一）语言风格的差异

在影视剧作中，每个角色的语言风格都应当与其背景、性格、身份和处境紧密结合，形成独特的语言表达方式。这不仅有助于观众快速辨识角色，还能增强剧情的真实性和层次感。

1. 词汇的选择

不同的角色由于教育程度、职业背景、生活环境等因素的影响，会使用不同的词汇。例如，一个学者型角色可能倾向使用专业术语和复杂的句式；而一个街头混混角色可能更习惯使用俚语和短句。这种词汇选择上的差异能够直接反映出角色的文化背景和社会地位，使其更加立体和真实。一个角色的用词习惯不仅展示了其知识水平，还能揭示其内心世界和价值观念，从而使观众更容易理解和认同角色的行为与动机。

2. 语调和语速的变化

语调可以传达角色的情感状态和性格特质。例如，一个充满自信的角色可能采用坚定而有力的语调；而一个内向羞涩的角色可能语调轻柔、语速缓慢。通过语调和语速的精心设计，编剧可以有效地传达角色内心的复杂情感，增强观众的代入感。语速的变化也能体现角色在不同情境下的心理状态（如紧张时语速加快，放松时语速减慢等），从而丰富角色的层次感。

3. 句式结构和修辞手法的使用

某些角色可能偏爱长句，喜欢用复杂的从句和修辞手法来表达自己的观点；另一些角色则可能更倾向使用短句和直接的表达方式。这种句式结构上的差异不仅能体现角色的思维方式和表达习惯，还能通过语言节奏的变化增加对话的戏剧张力与节奏感。不同的句式选择和修辞手法可以使角色的语言更加生动，增加对话的趣味性和可听性，从而提升观众的观影体验。

（二）角色背景的体现

在影视剧作中，通过对话，编剧能够巧妙地将角色的历史背景、文化背景、个人经历等信息传递给观众，使角色变得更为立体和真实。角色背景的体现可以通过多个层面的设计来实现。

角色的语言风格和用词选择能够直接反映其背景。例如，一个受过高等教育的角色通常会使用较为正式的词汇；而一个街头混混角色可能更多地使用粗俗的表达方式。这种语言差异不仅有助于塑造角色的个性，还能让观众对角色的社会阶层、教育水平等背景信息一目了然。例如，在一部法律剧中，律师角色可能经常使用法律术语和正式的表达方式；而街头混混角色更多地使用俚语和地域性表达方式，从而使两者在语言层面上形成鲜明对比。

角色在对话中的话题选择和谈话方式能揭示其背景。一个来自特定地方的角色可能会在对话中提到当地的风俗习惯、名胜古迹、特产等，以此来强化其地域性背景。角色的谈话方式（如是否习惯打断别人、是否喜欢用故事或比喻来表达自己等），也可以反映其成长环境和文化背景。例如，一个来自农村的角色可能更多地谈论农业和土地，而一个城市精英角色可能更多地涉及商业和科技话题。这些细节让角色的背景变得更加具体和可信。

（三）性格特征的表达

在影视剧作中，通过精心设计的对话，观众能够直观感受到角色的内心世界、情感状态及价值观念。一个成功的对话不仅在于内容的丰富性，更在于通过语言让角色鲜活起来，赋予角色独特的性格魅力。

角色的语言风格必须与其性格特征相吻合。例如，冷静理智的角色往往使用简洁、逻辑清晰的语言；而热情奔放的角色会采用更加夸张和情绪化的表达方式。这种语言风格的差异不仅能帮助观众更好地理解角色，还能使角色在众多人物中脱颖而出，增强剧作的层次感和真实感。例如，在一部警匪片中，冷静的警察角色可能会说"我们需要更多的证据"；而一个急躁的警察会喊道"我们等不及了，马上行动"。

词汇选择和语法结构是展现性格特征的关键元素。不同社会阶层、教育背景和文化背景的角色，其语言使用都会有所不同。例如，一个受过高等教育的角色可能倾向使用复杂的句式和专业术语，如"根据我的分析，这个方案具有可行性"；反之，一个草根阶层的角色则可能更多地使用口语和俚语，如"这事儿不靠谱"。这些细微的语言差异不仅传递出角色的身份和背景，还可以使角色形象更加立体与生动。

三、对话的节奏与韵律

（一）对话的紧凑与松散

在影视剧作中，对话的节奏和韵律在很大程度上决定了观众的观影感受和对角色的情感认同。紧凑的对话能够给观众一种紧张感和急迫感，使情节更加紧凑与富有张力；而松散的对话能够营造一种放松、自然的氛围，让观众能更深地沉浸在角色的日常生活中。

紧凑的对话通常用于关键情节或高潮部分，通过快速的台词交换和简洁有力的语言，增加剧情的紧张感与急迫感。例如，在一场追捕戏中，警察与罪犯之间的对话往往短促而有力，每句台词都推动剧情向前发展。紧凑的对话能够让观众的注意力高度集中，甚至带动他们紧张和焦虑的情绪，从而更深刻地体验到角色的情感波动和剧情的紧迫性。这种对话形式特别适合动作片、惊悚片等需要高强度情绪投入的作品。

松散的对话常用于日常生活场景或角色之间的闲聊。这类对话语速较慢、内容较为琐碎，常常包含大量的细节和旁白，使观众感受到一种生活的真实感和亲切感。在角色的家庭聚会中，松散的对话可以通过家庭琐事和亲密闲聊来展现角色之间的关系和情感纽带。松散的对话能够让观众在紧张的剧情中得到片刻的放松，同时能通过细致入微的描写，进一步丰富角色形象。这种对话形式在家庭剧、青春片中尤为常见。

编剧在创作影视剧作时，需要根据情节发展的需要，灵活运用紧凑与松散的对话节奏。紧凑的对话可以有效推动剧情，增强紧张感和戏剧冲突；松散的对话则有助于刻画角色，营造真实的生活氛围。两者的有机结合，能够使影视剧作更加生动、立体，观众在观影过程中也能更好地感受角色的多样性和剧情的丰富性。通过对话的精妙设计，编剧可以更好地把控观众的情绪，提升作品的整体质量及艺术价值。

（二）对话的节奏控制

在影视剧作中，对话的节奏控制不仅影响观众的观感，还直接关系到故事的推进和人物塑造。通过对话的节奏控制，编剧能够在潜移默化中引导观众的情绪和注意力，使剧情更加紧凑和引人入胜。在实际创作过程中，编剧需要综合考虑多种因素，以实现对话节奏的精准把控。

为了使对话节奏与故事的整体节奏相协调，编剧需要注意叙事阶段的不同需求。开端、发展、高潮和结尾各有各的节奏特点。在剧情发展的初期，对话节奏可以较为缓慢，以便详细展示人物背景和情节设定。观众需要时间来熟悉故事的世界观和角色，因此这种缓慢的节奏能够有效地提供必要的信息与基础。在剧情达到高潮部分时，对话节奏应加快，通过快速的对答和紧张的语气，增强剧情的紧张感与观众的代入感。这种快节奏的对话能够推动剧情发展，使观众保持高度的关注和紧张感。

对话的节奏控制需要考虑人物性格和情感状态的展现。不同类型的角色在不同情况下的对话节奏应有所区别。例如，一个冷静理智的角色在思考和表达时，通常会采用较为缓慢且有条理的对话节奏；而一个激动或焦躁的角色，其对话节奏可能会加快，语速变快，句子缩短，甚至出现语无伦次的情况。通过这样的节奏控制，编剧能够更加生动地刻画角色的情感和心理状态，使人物形象变得更加立体和真实。观众在观看时，也会更容易理解角色的内心世界，进而产生情感认同。

对话节奏的控制可以通过对话间的停顿和间隔来实现。适当的停顿和间隔不仅可以增加对话的真实感，还能为观众提供思考和消化信息的时间。在关键情节或重要对话中，适当的停顿可以增强戏剧张力，使观众更加专注于对话内容和人物情感。例如，在一场激烈的对话中，突然的停顿可以制造紧张气氛；而在一场感人的对话中，停顿可以增强情感的感染力。这种巧妙的节奏控制，有助于编剧有效地引导观众的情绪，使剧情更加扣人心弦。

（三）对话的韵律美感

在影视剧作中，对话的韵律美感不仅是语言的节奏和音调，更是情感的流动及人物个性的具体体现。通过巧妙地安排音节、重音和停顿，编剧可以让对话更加生动自然，既符合人物的性格，又能传达深层次的情感与思想。

音节的安排是对话韵律美感的基础。不同的音节长度和结构可以产生不同的情感效果。短促的音节往往给人紧张、急促的感觉，而较长的音节可以营造出舒缓、平静的氛围。在一段紧张的对话中，使用短促的音节可以增加紧张感和急迫感；而在一段抒情的对话中，较长的音节可以让观众感受到角色内心的平静和舒缓。通过音节的精细安排，编剧可以引导观众情感的起伏，增强剧情的感染力。

通过安排重音和停顿，编剧可以引导观众关注对话中的关键字词和情感变化。重音的使用可以突出某些词语的重要性，停顿则可以增加对话的层次感和节奏感。在一段对话中，适时的停顿可以让观众体会到角色内心的犹豫和思考；重音的使用则可以强化角色的决心与情感。重音和停顿的合理安排，能够使对话更具韵律美感和情感深度。

不同的角色有不同的说话方式和节奏，编剧需要根据角色的性格、背景和情感状态来设计对话的韵律。例如，一个沉稳、内敛的角色可能会使用较慢、平稳的语调；而一个急躁、外向的角色可能会使用较快、起伏较大的语调。通过对话韵律的变化，编剧可以更好地塑造角色，使角色变得更加丰满和立体。这样，观众不仅能通过语言感受到角色的个性，还能更深入地理解角色的内心世界。

不同的情节和场景对对话的韵律有不同的要求，编剧需要根据具体情境来调整对话的节奏和韵律。例如，在一场激烈的冲突戏中，对话的韵律应紧张、有力；而在一场平静的交流戏中，对话的韵律应平缓、自然。通过对话韵律的合理安排，编剧可以有效增强剧作的整体感染力和观赏性，让观众在情感体验上更加丰富和多层次。

第三节　美学表达技巧

一、影像语言的美学表达

（一）镜头语言的运用

镜头语言的运用直接影响着观众的观影体验与情感共鸣。镜头语言不仅是技术层面的操作，更是艺术表达的核心手段。通过镜头的选取、运动和组合，创作者能够传达出丰富的情感和深刻的思想。镜头的运用包括镜头的类型、镜头的运动方式、焦距和景别等，每个镜头元素的选择和使用都应当服务于故事的叙述与情感的表达。

1. 镜头的类型

不同类型的镜头具有不同的叙事功能。长镜头能够在不间断的时间内呈现出完整的动作和情境，增加画面的连续性和真实感；特写镜头则能够聚焦于人物的面部表情或细节，强化情感的表达和对人物心理的刻画。运用长镜头时，创作者需要精心设计每个动作和景别的转换，以确保观众的注意力始终集中在叙事的核心上；而特写镜头的选择需要考虑情感的爆发点及观众的心理接受程度。

2. 镜头的运动方式

通过不同的镜头运动方式，创作者可以赋予画面动态的美感和叙事的节奏感。推镜头和拉镜头都能带来空间感的变化及心理距离的调整。推镜头可以逐渐拉近观众与角色之间的距离，强化情感的投入；拉镜头则可以逐渐拉远，为观众提供一种脱离和冷静的视角。此外，跟拍镜头和摇镜头能够展示角色的运动路线与空间环境，增强叙事的流畅性和画面的层次感。

3. 焦距和景别

广角镜头和长焦镜头的使用能够带来不同的视觉体验。广角镜头能够开阔视野，呈现出丰富的背景信息和空间关系；长焦镜头则能够压缩空间距离，突出主体和背景的层次感。同时，景别的变化能够控制画面的信息量和观众的注意力，远景、中景和近景的交替使用能够营造出画面的节奏感和叙事的层次感。

（二）画面的构图技巧

影视剧作的画面构图技巧不仅决定画面的视觉美感，还深刻影响叙事效果与观众的情感体验。优秀的构图技巧能够使影片更具艺术性和观赏性，同时强化主题及情节发展。构图的基本原则包括黄金分割、三分法和对称构图等，帮助导演和摄影师在画面中创造出视觉上的平衡与和谐。

1. 黄金分割

黄金分割基于 1：1.618 的比例，将画面划分为若干部分，使主体物处于视觉焦点的位置，显得更加自然与和谐。

2. 三分法

三分法将画面等分为九个部分，主体物通常放置在这些分割线的交点上，从而引导观众的视线集中到最重要的部分。这种分割方式不仅符合自然界和人类视觉的审美习惯，还能有效提升画面的艺术效果。

3. 对称构图

对称构图利用画面对称性来创造视觉上的平衡与稳定感。这种技巧常用于表现庄严、肃穆或静谧的场景，如拍摄建筑物或人物时，对称构图能突出其宏伟与威严。此外，通过打破对称性，还可以制造视觉上的冲突和张力，从而增强画面的戏剧效果。这种处理方式使观众的情感体验更加丰富多样。

（三）视觉符号的运用

在影视剧作中，视觉符号是传递情感、信息和主题的重要手段。视觉符号不仅是影片画面的构成元素，更是导演和编剧用以引导观众理解剧情、角色内心世界和情感变化的工具。通过对视觉符号的巧妙运用，影视作品可以在不依赖对白的情况下，实现深层次的叙事效果。

1. 色彩的使用

色彩的使用能够直接影响观众的情绪和心理。例如，冷色调往往用来表现冷酷、孤独或紧张的气氛；而暖色调常用来传递温暖、幸福和希望。导演可以通过色彩变化来暗示剧情的转折或角色情感的变化，从而增强叙事的层次感和丰富性。色彩的搭配和对比不仅能塑造视觉美感，还能在潜移默化中影响观众的情感体验，使观众更深刻地感受角色的内心世界和故事的情感脉络。

2. 光影的运用

光影的运用不仅可以塑造画面的质感和层次，还能强化影片的情绪氛围。例如，明亮的光线可以象征希望和生命；而阴暗的光影常用于表现恐惧、神秘和不安。通过光影的精准控制，导演能够引导观众的视觉焦点，突出关键情节，深化主题表达。光影的变化和对比可以在视觉上制造出戏剧性的效果，使观众在观影过程中体验到更丰富的情感波动。

3. 符号化的道具和场景设计

特定的道具和场景不仅具有叙事功能，还能承载深刻的象征意义。通过符号化的道具和场景设计，导演能够在有限的画面中传达丰富的信息和情感。道具和场景的选择及布置不仅是视觉上的设计，更是情感和思想的传递，使观众在观看的同时能够更深入地理解作品的内涵与主题。

二、声音设计的美学表达

（一）对白的声音设计

在影视剧作中，对白的声音设计不仅是传递故事信息和情感的主要手段，更在声音美学上起关键作用。对白的声音设计涵盖录制、后期处理和混音等多个环节，每个环节都需要经过精心处理，以确保对白的清晰度、情感表达和音质效果。

1. 对白录制

录音师通常会选择专业的录音设备和环境，以确保对白的清晰度和真实性。在录音棚内，吸音材料和隔音措施能够有效减少外界噪声的干扰，使对白更加纯净。同时，演员的语音语调及其对情绪的把控需要与角色和剧情相契合，这需要导演和演员之间的密切配合。在录音过程中，录音师还要根据剧情需要调整麦克风的位置与角度，以捕捉到最真实和自然的声音。

2. 后期处理

通过数字音频技术，可以对录制的对白进行编辑和优化，包括噪声消除、音量平衡和频率调整等操作。噪声消除技术能够去除录音过程中的环境噪声和电流杂音，使对白更加纯净。音量平衡确保对白在不同场景中的音量一致，不会因为背景音效或音乐的干扰而影响观众的听觉体验。频率调整则是指增强或削弱特定频段的声音，使对白更加符合人物角色的声音特质和情感表达方式。

3. 混音

在混音过程中，混音师需要将对白、背景音效和音乐等多个音轨进行整合与处理，以达到声音的整体平衡和美学效果。混音不仅要考虑声音的层次感和空间感，还要注意对白与其他声音元素的协调，使其在不干扰观众理解剧情的同时，增强影片的整体氛围和情感表达。通过精细调整每个音轨的音量、定位和频率，混音师能够创造出一个完整而有层次的声音环境，让观众更好地沉浸在影片的世界中。

（二）环境音的运用

环境音的美学表达不仅在于营造氛围，更在于强化叙事和情感传达。环境音可以通过自然音效、城市音景或特定场景音效等方式，将观众带入特定的时空背景。例如，在一部恐怖电影中，风声、树叶沙沙作响和远处的狼嚎声可以有效地增强紧张和恐惧的氛围。这些环境音不仅能为画面提供听觉补充，还能引导观众的情绪走向，使观众更加深入地体验角色所处的境况。

环境音的运用需要与画面内容高度契合，这样才能达到最佳的美学效果。优秀的声音设计师会根据场景的具体需求，选择适合的环境音。例如，在一部描绘城市生活的影片中，街道上的车辆声、行人的交谈声及远处的警笛声，都可以为影片的现实主义风格增色。通过声音元素的精心组合和调度，观众能够在观看时产生身临其境的感受，进一步增强影片的真实感和代入感。

环境音可以通过对比和反差来增强戏剧情感。在一场安静的对话场景中，远处传来的钟声或鸟鸣声可以打破沉默，并增加一层隐喻或象征意义。例如，在一部描绘战争的影片中，战场上的枪炮声渐渐消失，取而代之的是风吹过废墟的声音，这种环境音的转换不仅传达了战斗的结束，还隐喻了战争带来的破坏和战争发生后的寂静。这种通过声音反差来传递深层次情感的手法，能够丰富影片的叙事层次和观众的心理体验。

三、色彩运用的美学表达

（一）色彩的象征意义

色彩在影视剧作中的运用不仅是视觉上的表现，更是情感传递、主题深化和角色刻画的重要手段。通过色彩的象征意义，创作者可以传达复杂的情感和思想，赋予影片更深层次的内涵。例如，红色通常象征热情、力量和危险；蓝色则可能代表平静、忧郁或神秘。不同的色彩可以在观众的潜意识中激发不同的情感反应，从而增强剧情的感染力。

在实际创作中，色彩的象征意义需要与剧情发展紧密结合。例如，在一部关于复仇的电影中，红色可能会被频繁使用，以象征主角的愤怒和决心；在一部描写成长与希望的影片中，绿色和黄色可能会成为主导色调，象征新生和希望。色彩的运用不仅要考虑单个场景的情感表达，还要贯穿整个影片，形成统一的视觉风格，从而帮助观众更好地理解影片的主题和情感脉络。

不同文化背景下，色彩的象征意义有所不同。因此，影视剧作在面向不同文化群体时，色彩的选择和运用需要特别谨慎，避免产生误解或不适感。了解和尊重不同文化对色彩的象征意义，可以让影片更具普适性和包容性。

（二）色彩的情感表达

色彩在影视剧作中是视觉元素，又是传达情感与情绪的重要手段。色彩的选择与搭配可以直接影响观众的心理感受，从而增强叙事效果。例如，红色通常被用来表达激情、愤怒或危险，蓝色则多用于表现冷静、忧郁或神秘。导演和摄影师常常通过色彩的运用来强化角色的情感状态和影片的整体氛围，以便使观众与角色产生情感共鸣。

在具体操作中，色彩的情感表达可以通过场景布置、服装设计和灯光效果来实现。例如，在一场充满紧张和冲突的戏中，导演可能会选择使用高对比度的红色和黑色来制造紧张感；在一段温馨浪漫的情节中，导演则可能会采用柔和的粉色和暖黄色来营造温暖的氛围。色彩的情感表达不能仅停留在单一的色调选择上，更要涉及色彩的对比、层次和动态变化。

（三）色彩的视觉效果

色彩能通过视觉效果来增强观众的沉浸感和审美体验。色彩的选择与运用直接影响影片的视觉风格，通过不同的色调、饱和度、亮度，导演和摄影师可以传递出不同的情感基调与氛围。例如，冷色调通常用于营造紧张、孤独或神秘的氛围；暖色调则更适合表达温暖、幸福和亲密的情感。

在影视剧作中，色彩的视觉效果不局限于单一场景的氛围营造，还可以通过色彩对比和色彩渐变来增强叙事的层次感。色彩对比可以突出重要角色或物品，使观众的视线集中在特定的情节或细节上。色彩渐变则可以随着剧情的发展，逐步改变色彩的基调，使观众在不知不觉中被引导进入不同的情感状态。

色彩的视觉效果与光线的运用密切相关。正确的光线设置不仅能使色彩更为鲜明，还能通过光影的变化来增加画面的立体感和层次感。通过合理的光线设计，导演和摄影师可以让色彩在不同的光照条件下展现出多样的视觉效果，从而丰富影片的视觉语言。例如，在黑色电影中，低光照和高对比的光影处理常常用于突出人物内心的矛盾和复杂性。

色彩的视觉效果可以通过后期制作进一步强化。色彩校正和调色技术的发展，使导演和摄影师能够在后期阶段对色彩进行精细调整，以达到预期的视觉效果。通过后期调色，不仅可以修正拍摄过程中因光线、设备等因素造成的色彩偏差，还可以根据剧情需要，赋予影片独特的色彩风格和审美效果。

四、配乐与音效的美学表达

（一）配乐的情感渲染

在影视剧作中，配乐不仅能够增强情节的情感表达，还能强化观众的情感体验。通过旋律、和声、节奏等多种音乐元素，配乐可以在瞬间调动观众的情绪，让观众更深层次地融入剧情。特别是在关键情节，如高潮部分、转折点或情感爆发的时刻，精心设计的配乐能够使这些时刻变得更加扣人心弦。

配乐的情感渲染通常是通过与画面和剧情的紧密结合来实现的。导演和作曲家需要通力合作，通过反复观摩影片，深入理解剧情和角色的情感脉络，创作出与之契合的音乐。例如，在一部悲剧中，低沉的弦乐和缓慢的旋律可以更好地传达出角色的悲痛及绝望；在一部喜剧中，轻快的管弦乐则能够更有效地烘托出欢快与幽默的氛围。

配乐的情感渲染可以通过音乐的重复和变奏来增强效果。某一主题音乐的反复出现，可以使观众对特定的情感或情节产生条件反射式的情绪反应。通过音乐的这一独特功能，配乐不仅是背景音效，更成为叙事的重要辅助工具。

配乐的情感渲染能够通过音响效果的巧妙运用来实现。音量的变化、音效的加入、音乐的突停等手法，都能够在关键时刻对观众的情绪产生强烈的冲击。通过这些技巧，配乐不仅能单独传达情感，还能与画面和对白共同作用，形成多层次的情感表达，影视作品因而更具感染力和艺术性。

（二）音效的氛围营造

在影视剧作中，音效不仅是对白和背景音乐的补充，更是叙事的重要手段之一。通过音效的巧妙运用，创作者能够在观众心中营造出丰富且具象的情感氛围。音效的使用可以使观众更加沉浸在剧情中，增强视觉画面所传达的情感冲击力。例如，在恐怖片中，通过阴暗、诡异的音效可以迅速营造出紧张、恐怖的氛围。

音效的氛围营造不仅包括明显的效果音（如枪声、爆炸声等），还包括环境音效和背景音效，它们通过细腻的声音设计，构建出一个完整的听觉世界。例如，在一部战争题材的影片中，远处的炮火声、窃窃私语的士兵声、风吹动树叶的声音等，都能够唤起观众对场景的真实感和紧迫感。通过这些环境音效，观众能够更深入地感受影片所传达的紧张气氛和真实感。

音效的层次和动态变化在一场重要的戏剧冲突中尤为关键。音效的层次感和动态变化，可以有效增强戏剧张力。通过音效的渐强或突然的停顿，可以制造出意想不到的紧张效果。例如，在一场即将爆发的冲突场景中，背景音效渐渐变得急促，观众的情绪也随之紧张起来，当冲突真正发生时，突然的音效爆发能够极大地提升戏剧效果。这些变化让观众在情感上更容易被带入剧情的高潮中。

音效的氛围营造需要与视觉元素紧密结合，形成视听一体的叙事效果。音效设计师需要与导演、剪辑师等其他创作人员密切合作，确保音效的设计与画面叙事相辅相成。例如，在一部悬疑片中，当主人公逐步接近真相时，轻微的低频音效和心跳声可以与画面的慢镜头相呼应，增强观众的期待感和紧张感。这样的配合不仅提升了影片的叙事效果，还增加了观众的沉浸感。

（三）音乐与画面的配合

在影视剧作中，音乐不仅能增强画面的情感表达，还能引导观众的情绪，塑造影片的氛围和节奏。音乐与画面的结合需要在创作过程中进行精心设计，使其相辅相成，共同服务于剧情的发展和角色的塑造。

音乐风格的选择必须与影片的整体风格相一致，不同的音乐风格可以赋予影片不同的情感基调。例如，史诗类影片通常会采用宏大的交响乐曲风，凸显影片的壮丽和恢宏；浪漫爱情片则可能更多地依赖柔美的弦乐或钢琴曲，营造温馨浪漫的氛围。音乐风格的选择需要考虑影片的主题、情节及观众的预期反应，以达到最佳的情感共鸣效果。

画面的剪辑节奏和音乐的节拍应当紧密结合，形成一种和谐的动态结构。在紧张的动作场面中，快速的剪辑和高节奏的音乐能够有效提升观众的紧张感和代入感。例如，对于动作片中的追逐戏，配以快速的打击乐或重金属音乐，能让观众感受到角色的急迫和紧张；在情感浓烈的戏剧性场景中，缓慢的音乐节奏与细腻的画面剪辑则能更好地传达角色内心的复杂情感，使观众更深入地体会角色的心理状态。

第五章　影视剧作的改编与创新实践

第一节　文学作品改编的原则与方法

一、文学作品改编的基本原则

（一）忠实于原著精神

忠实于原著精神不仅要求编剧尊重原著故事线和人物设定，更强调作者对原著核心思想与情感基调的准确把握。原著精神是作者通过文字传递给读者的重要内容，是作品的灵魂所在。编剧需要深入理解原著的主题、价值观和情感表达，确保这些要素能够在影视作品中得到体现和传达。

忠实于原著精神是在尊重原著的基础上进行创造性地再现。编剧需要根据影视剧作的特性，将原著的文字叙述转化为视觉和听觉的表现形式。这种转化要求编剧具备高度的艺术敏感和创造力，能够在不失原著精神的前提下，做出必要的改动与调整，以适应影视剧作的叙事结构和观众的审美需求。

每个文学作品中的人物都有其独特的性格、背景和发展轨迹，这些都是原著精神的重要组成部分。编剧需要深入挖掘人物的内心世界和动机，确保其在影视作品中的行为和对话符合原著的设定和逻辑。通过这种深刻理解和准确呈现，使改编作品能够真正做到忠实于原著精神，赢得原著读者和新观众的认可。

面对原著的复杂情节和丰富细节，编剧需要做出智慧的取舍。文学作品往往篇幅较长、情节复杂，而影视剧作需要在有限的时间内完成叙事。因此，编剧需要在保持原著核心精神的前提下，精简和优化情节，突出主要矛盾与冲突，使故事更加紧凑、生动。这种取舍不仅考验编剧的艺术水平，更检验其理解和把握原著精神的能力。

（二）适应影视媒介特点

影视剧作依赖视听语言来表达情感、描绘场景和推进情节，因此，在文学作品的改编过程中需要对原著进行必要的删减和调整。例如，一段在小说中占据大量篇幅的内心独白，在影视剧中可以通过演员的表演、镜头语言和背景音乐来传达。这种转化不仅要保持原著的精神，还要利用影视独特的表达方式，使情感和信息更加直观与生动。

节奏控制是改编过程中的一个关键点。文学作品的阅读节奏由读者自己掌握，影视作品的节奏则由导演和编剧控制，需要在有限的时间内完成完整的叙事。这要求编剧对原著进行结构性的调整，确保故事情节在有限的时长内保持连贯性和紧凑度。某些冗长的描述性段落和次要情节可能需要删减或合并，以便更好地服务于主要故事线，从而使观众始终保持对故事的兴趣。

影视媒介的特有手段（如蒙太奇、剪辑和特效等）在改编过程中需要被充分利用。这些手段可以增强观众的沉浸感和视觉冲击力。例如，某些在文学作品中只能通过文字描绘的奇幻场景，可以通过现代影视技术生动地呈现在屏幕上，从而大大增强故事的表现力和感染力。

角色塑造和对话编写是改编过程中不可忽视的部分。文学作品中的角色形象主要通过文字描写来构建，影视剧作中的角色则需要通过演员的表演和对话来呈现。编剧需要对角色的台词、动作和表情进行细致的设计，以确保角色形象在银幕上栩栩如生。对话的简练性和生动性尤为重要。要避免冗长的独白与过于书面化的语言，确保观众能够通过简洁有力的对话迅速理解角色的性格与情感。

二、文学作品与影视剧作的差异

（一）叙事方式的差异

文学作品与影视剧作在叙事方式上存在显著差异，这些差异源于两者在媒介特性、受众体验和创作手法上的不同。

文学作品通过文字描绘角色的内心世界、情感波动和复杂的心理活动，让读者通过文字的引导，逐步构建脑海中的故事图景与人物形象。文字叙事方式具有较高的自由度，能够通过内心独白、回忆、意识流等手法深度挖掘人物内心，展现复杂的情感和思维过程。

影视剧作依赖视觉和听觉媒介传达故事与情感，叙事方式更直观和具象化。通过画面、声音、音乐和演员表演等手段，将故事情节、人物形象及情感直接呈现在观众面前。由于观众的注意力集中在有限的时间和空间内，所以影视剧作的叙事往往更为紧凑，节奏明快。例如，影视剧作通过镜头切换、蒙太奇、闪回等手法来增强叙事效果，避免冗长的心理描写和复杂的叙事结构。

在文学作品中，作者可以通过大量的文字描述背景、环境和细节，营造出丰富的场景和氛围。这些文字描述能够创造出一个多层次、多维度的世界，让读者身临其境。在影视剧作中，这些描述则通过视觉元素来实现。布景设计、灯光效果、镜头语言等成为构建场景和氛围的主要手段。此外，影视剧作中的对白和人物对话也需要更加简练和富有表现力，以便在有限的时间内传达更多的信息和情感。

叙事视角是文学作品与影视剧作的重要差异。文学作品可以采用多种叙事视角（如第一人称、第三人称等），并灵活转换叙事视角以增强故事的层次感和复杂性。影视剧作通常采用第三人称，通过镜头的运用来引导观众的视线与注意力。

（二）表现手段的不同

文学作品依赖文字，通过语言的描述、内心独白和细节描写来塑造人物、推进情节和营造氛围。文字的优势在于能够详细刻画心理活动和复杂情感，通过比喻、象征等修辞手法，创造出丰富的意象和深刻的思想内涵。读者在阅读过程中，可以凭借个人的想象力和理解力，与文本进行互动，赋予其独特的意义。这种互动性对于不同读者来说可能截然不同，从而带来了多样化的解读空间。

影视剧作以视觉和听觉为主要表现手段，通过画面、声音、表演等多种媒介来传达信息与情感。影视剧作的叙事依赖镜头语言，包括镜头的运动、角度和剪辑等手法，引导观众的视线和情感。视觉元素（如场景设计、服装、灯光等）能够直观地呈现故事背景和人物性格；声音元素（如对白、背景音乐和音效）则在丰富画面信息的同时，增强叙事的感染力和节奏感。观众在观看过程中，更多依赖感官的直接体验，而非抽象的思维活动。

文学作品的叙事时间与空间是相对自由的，作者可以随意穿插回忆、梦境和内心独白，而不受实际时空的约束。影视剧作由于受限于现实拍摄条件和观众认知规律，通常采用更为线性和直观的叙事结构。尽管现代影视技术的发展（如计算机生成影像和非线性剪辑等）已经大大拓展了叙事的可能性，但本质上仍需要考虑视觉和听觉呈现的连贯性及可接受性。这一现实限制使影视剧作在叙事手段上往往更加直接、具体。

（三）时间与空间处理的差异

在文学作品中，作者可以通过文字自由地描绘时间的流逝与空间的转换，甚至可以在几页纸内跨越几个世纪或多个地点；而在影视剧作中，这种自由度被限制，导演和编剧必须通过镜头、场景及剪辑来实现时间与空间的转换。

1. 时间的处理

在影视剧作中，时间的处理往往更加直观和具体。文学作品可以通过叙述性的语言直接交代过去、现在和未来，影视剧作则需要通过镜头语言来表现这种时间的流逝。例如，电影中常用的闪回和闪前技术，可以有效地将观众带入不同的时间段；剪辑的技巧（如交错剪辑、平行剪辑等）能够在表现多个时间线时起关键作用。这些技巧不仅能增强叙事的连贯性，还能增加观众的情感投入。通过这种方式，时间的转换不但保持了故事的流畅性，还能更好地传达人物的情感与内心世界。

2. 空间的处理

文学作品可以通过详细的描写让读者在脑海中构建出一个丰富的世界，影视剧作则需要通过视觉元素来实现这一点。场景设计、布景、拍摄地点的选择及镜头的运用都在塑造空间感中扮演着重要角色。例如，广角镜头可以展示大场景的恢宏；特写镜头则能够突出细节，增强观众的代入感。布景和道具的选择也至关重要。它们不仅要符合时代背景，而且要为观众提供视觉上的真实感和沉浸感。

三、文学作品情感与主题的传承

（一）核心主题的保留

核心主题通常代表原著作者想要传达的思想和情感，是作品的灵魂。保留核心主题可以确保观众在观看影视剧作时，仍能感受到原著的深刻内涵和情感共鸣。

在保留核心主题的过程中，编剧需要注意影视剧作的表达形式与文学作品的表达形式有所不同。文学作品通常通过内心独白和心理描写来传达主题，影视剧作则更多依赖视觉和听觉的表现手段。因此，编剧需要寻找合适的影视化手法来呈现核心主题。例如，通过角色的对话、动作和场景的设计来传达原著中的情感与思想。同时，音乐、灯光和剪辑等元素可以用来强化核心主题的表达，使其在影视剧作中更加鲜明、有力。

文化背景和时代背景对核心主题的传达有着重要影响。编剧在进行改编时，需要考虑目标观众的文化背景和时代特征，确保核心主题能够在新的语境下被观众所理解和接受。

核心主题的保留不仅是对原著的尊重，更是对观众的一种责任。观众期待通过影视剧作重新体验原著的情感、思想，因此，编剧在改编过程中需要时刻关注核心主题的传达，确保其在新的媒介中依然能够打动人心。

（二）情感基调的延续

在影视剧作的改编过程中，情感基调不仅决定作品的整体氛围和观众的情感体验，而且直接影响观众对角色和剧情的认同感。文学作品所传达的情感基调通常是通过细腻的文字描写和丰富的内心独白来实现的，在影视剧作中，这些情感需要通过视觉和听觉元素来传递。因此，在改编过程中，编剧和导演需要深入理解原著的情感基调，并通过演员的表演、镜头语言、音乐等手段加以呈现。

为了有效延续原著的情感基调，编剧需要对原著进行全面的情感分析。这包括理解主要角色的情感动机、情感变化轨迹及作品整体的情感节奏。例如，如果原著是一部充满忧郁的小说，在改编过程中，编剧需要确保这种忧郁的情感可以通过影视剧作的画面、色调和音乐得以合理体现。导演可以选择使用低饱和度的色彩、缓慢的镜头运动及柔和的背景音乐来营造出类似的情感氛围。

演员的表演是延续情感基调的重要因素。演员需要深入理解角色的内心世界，并通过细腻的表演将角色的情感真实地展现出来。编剧和导演可以通过与演员沟通和指导演员，帮助他们准确把握角色的情感基调。例如，在改编一部充满激情和戏剧冲突的文学作品时，演员需要表现出强烈的情感波动，通过面部表情、肢体语言和台词语调来传达角色的内心情感。

情感基调的延续不仅需要情感分析和演员的表演，视觉和听觉元素的运用同样至关重要。在影视剧作中，画面、色调、光影、声音和音乐等元素共同营造出作品的情感氛围。导演和摄影师需要在镜头设计和场景布置中融入这些元素，使观众能够通过视觉和听觉感受作品的情感基调。

（三）细节处理的创新

在改编过程中，原著中的细节往往承载着丰富的情感和主题。如何在影视剧作中有效传达这些细节，不仅关系到作品的还原度，更直接影响观众的观感与理解程度。创新的细节处理需要在尊重原著的基础上，结合影视语言的独特性，通过视觉和听觉的手段将文学作品中的细腻情感和深刻主题生动地呈现出来。

文学作品中的细节通过文字描写来传达；而在影视剧作中，这些细节通过场景设计、服装道具和镜头运用等视觉元素来表现。例如，原著中一段关于人物内心情感变化的细腻描写，可以通过演员的表情、动作及镜头的近景特写来展现。场景设计和道具的选择也可以强化情感与主题的表达，如通过特定的光影效果或颜色运用来暗示人物的心理状态。

文学作品通过语言和文字来传达情感，影视剧作则通过背景音乐、音效和对白来增强情感的感染力。例如，某一段文字描写的紧张氛围，可以通过急促的音乐节奏和紧张的音效来营造。对白的设计也可以在保持原著精神的同时，结合影视剧作的需要进行适当调整，使对白更加符合影视语言的表达特点。

在改编过程中，创新的细节处理不仅要在形式上与原著保持一致，还要在情感和主题上做到内在统一。这就要求编剧和导演在改编过程中深刻理解原著的核心思想，并通过细节处理将这些思想准确传达给观众。例如，某一段关于亲情的描写，可以通过家庭场景的布置、亲密互动的镜头及温馨的背景音乐来强化，让观众在视听体验中自然感受到作品的情感内核。

四、角色塑造在改编中的重要性

（一）原著角色的核心特质

在影视剧作的改编过程中，原著角色的核心特质不仅是角色的灵魂所在，也是观众与角色建立情感联结的桥梁。角色的性格特点、心理动机、行为方式等，都构成了角色独特的人格魅力。例如，一个角色可能以其坚定的信念和勇敢的行为著称，这些特质便成为其不可或缺的标签。因此，在改编时保留核心特质，能够确保角色在观众心中保持原有的形象和影响力，避免因改编过度而导致角色失真。

1. 原著角色在故事中的作用和地位

每个角色在原著中都有其不可替代的作用，他们推动故事情节发展、引发冲突、解决矛盾。如果在改编过程中忽视角色的作用和地位，角色便可能失去其应有的功能，导致故事结构松散，情节发展缺乏逻辑。例如，一个关键角色的突然改变可能会导致整个故事的主题和走向发生偏离。因此，编剧在改编时需要深入分析角色在原著中的作用，确保这些作用在改编作品中得以延续和强化。

2. 原著角色的背景和成长经历

背景和成长经历不仅塑造角色的性格与行为，也为观众理解角色的动机和选择提供依据。例如，一个角色是否经历过重大创伤，是否成长于特定的文化背景，都会影响其行为和决策。在改编过程中，编剧应尽量保留和展现这些背景信息，帮助观众更好地理解和接受角色。通过回忆片段、对话或旁白等方式，将角色的过往经历融入改编作品，角色会变得更加立体和真实。

3. 原著角色的人际关系网络

人际关系网络不仅影响角色的行为和选择，也推动故事情节的发展。角色间的关系（如友情、敌对、亲情等）往往决定了故事的走向和情感张力。在改编过程中，编剧需要仔细处理角色间的关系，确保这些关系在改编作品中得以延续和展现。例如，保留角色之间的复杂情感纠葛，可以增加故事的层次感和观众的投入度。同时，编剧可以通过调整或丰富角色间的关系，增加故事的张力和深度，使改编作品更加吸引人。

（二）角色性格的影视化表达

在文学作品改编为影视作品的过程中，角色性格的影视化表达不仅决定了角色的立体性和深度，还直接影响观众对角色的情感共鸣和理解程度。通过精心设计台词、动作和表情，合理利用场境和环境的烘托，以及注重角色性格的发展和变化等各个环节的共同努力，可以将文学作品中的角色性格生动地呈现在银幕上，从而吸引观众的注意力，激发他们的情感共鸣。

1. 台词、动作和表情的设计

台词是直接展现角色内心想法和性格特质的重要途径，编剧在改编过程中需要精心设计台词，使其既符合角色的身份背景，又能凸显角色的性格特点。例如，一个谨慎而内向的角色，其台词可能简短而含蓄；一个外向而自信的角色，其台词则可能更加直白和丰富。演员的动作和表情也是传达角色性格的重要手段。通过细腻的面部表情和恰当的肢体动作，观众能够感受到角色的情绪变化和内心冲突，从而加深对角色的理解与认同。一个小小的眼神变化或者微微的身体动作，都能传达出大量的情绪信息。

2. 场境和环境的烘托

场景和环境不仅是故事发展的背景，更是塑造角色性格的重要因素。例如，一个生活在狭小、昏暗环境中的角色，可能会显得更加压抑和孤独；一个生活在宽敞、明亮环境中的角色，则可能显得更加开朗和自信。特定场景的设计和布置，可以反映角色的生活状态与心理状态，从而为角色性格的展现提供有力支持。配乐和音效也是烘托角色性格的重要手段。通过音乐的节奏和旋律，可以增强角色的情感表达，并且使观众更好地感受角色的内心世界。

3. 角色性格的发展和变化

在文学作品中，角色性格的发展往往通过情节展开和事件推动来实现；在影视剧作中，角色的性格变化则可以通过连续的视觉和听觉效果来呈现。这就要求编剧在改编过程中，注重角色性格变化的合理性和连贯性，使角色的发展符合观众的心理预期，同时保持角色的真实性和可信度。例如，一个本来怯懦的角色，经过一系列事件后变得勇敢，这一过程需要通过一系列细节和情节来展示，这样可以让观众信服角色的转变。

（三）角色关系的重新构建

在文学作品中，人物关系通过文字描写和内心独白来展现；在影视剧作中，这些关系则可以通过视觉和听觉手段来传达。编剧需要对原著中的人物关系进行重新梳理和调整，使其更加适应影视媒介的表达方式。这包括对角色之间情感纽带的强化和对冲突点的重新设计，使情节更加紧凑、引人入胜。

1. 关注角色动机的合理性和连贯性

原著中一些情节由于篇幅或叙事结构的限制，可能无法充分展示角色动机。在改编过程中，这些动机需要通过台词、动作、场景设计加以补充和强化。例如，一个角色的背叛行为，在文学作品中可能通过内心独白和长篇心理描写来铺垫；在影视剧作中，则可以通过前后镜头的对比、象征性的物品或细节的暗示等，增强观众的理解和代入感。

2. 适应观众的接受度和时代背景的变化

原著中的一些关系设定在其创作时代可能具有合理性，但随着时间推移，观众的价值观和审美取向也在变化，因此，编剧在改编过程中，需要对角色关系进行现代化处理，使其符合现代观众的认知和情感需求。这不仅能提升作品的共鸣度，还能使经典作品焕发新的生命力，从而吸引更多观众。

3. 强调多层次的情感表达和复杂性

简单的二元对立或单一的情感线索难以支撑一部高质量的影视剧作。通过对角色关系进行深入挖掘和多角度呈现，编剧可以创造出丰富多彩的人物群像，让每个角色都具备独特的个性和情感层次，从而提升剧作的深度和观赏价值。例如，通过对配角关系进行细腻描写，可以为主线情节增色，增加悬念和戏剧冲突，让观众在情节发展中获得更多的情感共鸣和思考空间。

第二节　经典影视作品的改编与再创作

一、经典影视作品改编的基本原则

（一）尊重经典文本

尊重经典文本不仅是对原作者的尊重，更是对观众的承诺。经典影视作品之所以被称为经典，是因为它们在文学、艺术、思想等方面具有独特的价值和深远的影响力。因此，在改编过程中，编剧必须深入理解和把握原著的精髓，保留其核心价值及精神内涵。对于那些在文学史上占有重要地位的作品，其故事结构、人物性格、主题思想等都应尽量保持原貌，避免因改编过度而失去原著的魅力。

改编过程中，要认真研究原著的背景和细节。经典影视作品通常具有丰富的文化和历史背景，这些背景不仅为故事提供了深度和广度，而且为角色塑造和情节发展提供了坚实的基础。编剧需要通过细致的研究，了解作品所处的时代背景、社会环境及作者的创作意图，以确保改编后的作品能够准确传达原著的思想和情感。

考虑影视媒介的特性是改编过程的关键。经典作品和影视剧作在表达方式上存在很大差异，文字叙述可以通过内心独白、详细描写等手法展示人物的复杂心理和情感，影视剧作则需要通过画面、表演和对话来传达这些信息。因此，在改编过程中，必须找到一种平衡，既忠实于原著，又充分利用影视媒介的优势，使作品更加生动且富有感染力。

（二）创新与传承并重

传承经典影视作品的核心价值和精神是改编的基础，这不仅包括故事情节和人物设定，还涉及原作品所传达的情感和思想。这种传承确保改编作品与原作品之间的连贯性，满足原作品粉丝的情感期待，并为新观众提供可信的故事背景。通过忠实于原作品的核心，编剧能够在尊重原作品的前提下，为观众带来熟悉而感动的体验。

创新是改编作品成功的关键所在。创新不仅是对情节的改动，更是对主题的深化和扩展。编剧可以通过引入新的叙事手法、视觉风格或现代化的背景设定来增强作品的吸引力。例如，通过现代化的技术和视听效果，编剧可以赋予经典影视作品新的生命力，让其更符合现代观众的审美和价值观。这种创新能够使经典影视作品在新的时代背景下焕然一新，吸引更多的观众。

平衡创新与传承需要编剧具备深厚的艺术素养和敏锐的洞察力。在改编过程中，编剧需要对原作品进行深入解读，理解其内在的逻辑和情感脉络。同时，编剧还需要具备创新的勇气和能力，能够在尊重原作品的前提下进行大胆的艺术尝试，从而创造出既保留经典魅力又具有时代感的新作品。这种平衡的实现，往往要求编剧在艺术创作中不断探索和尝试，寻找最佳的表达方式。

二、经典影视作品的现代化改编策略

(一) 时代背景的更新

通过对故事发生的时间和地点进行重新设定，编剧能够使观众更容易理解、接受故事情节。这种更新不局限于地理位置的变化，还包括对整个社会环境、文化氛围及技术发展的全面考量。时代背景的更新为经典影视作品注入新的生命力，使其在现代社会中焕发光彩。

深入理解经典作品的核心精神和主题是进行时代背景更新的关键。在现代化改编经典影视作品时，编剧需要将这些核心要素与现代社会的特征紧密结合。这样，故事不仅保留经典作品的深刻内涵，还能被赋予新的现实意义。同时，编剧还需要注意保持经典作品的文学价值和艺术高度，避免现代化改编流于表面化与肤浅化。

技术的发展为经典影视作品的时代背景更新提供了丰富的可能性。现代影视技术（如计算机生成图像特效、虚拟现实和增强现实等）能够创造出更加逼真的场景和视觉效果，使观众更容易沉浸在故事之中。通过这些技术手段，观众的观赏体验能够得到大幅度提升。

(二) 情节结构的调整

经典影视作品往往带有其独特的历史背景和社会环境，这些元素在现代观众的眼中可能有些遥远和陌生。为了使这些经典影视作品在新的时代焕发光彩，编剧需要对原作品的情节结构进行深入分析，找出哪些部分是核心元素，哪些部分可以进行调整或删减。这不仅能保持原作品的精神，还能使其更符合现代观众的观赏习惯和审美需求。

1. 节奏的把控

经典影视作品的叙事节奏通常较为缓慢，现代影视剧作则更强调快节奏的情节推进。因此，编剧在改编过程中需要适当加快情节进展的速度，增加紧张感和悬念感，以此来吸引观众的注意力。合理安排高潮和转折点，使情节更加紧凑和富有张力，不仅能增强观众的代入感，还能使情感传递更加有力。

2. 人物关系的调整

经典影视作品中的人物关系往往复杂多样，有时甚至夹杂着大量的次要情节和角色。在改编过程中，编剧需要简化和重组这些人物关系，突出主要人物之间的冲突和互动。这种调整可以使情节更加清晰明了，也使观众更容易理解和接受角色的动机和行为，从而增强作品的感染力。

3. 文化背景的改写

经典影视作品中的某些情节在原作品的文化背景下是合理的，但在现代社会可能会引起争议或不适。为了确保作品能在现代社会中得到广泛认可和接受，编剧需要对这些情节进行适当的调整或改写。这种调整不仅是对原作品的尊重，也是对现代观众的负责。

（三）角色设定的现代化

在经典作品改编过程中，角色设定的现代化不仅涉及外貌上的更新，更包括性格、动机及社会背景的现代化改造。对角色设定进行现代化改编，可以使经典影视作品焕发出新的生命力，吸引更多的现代观众。

现代观众对角色的立体性和复杂性有着更高的要求。因此，在改编经典影视作品时，需要赋予角色更为丰富的内心世界和多元化的性格特征。经典作品中的英雄角色通常形象完美无缺，但现代观众更倾向看到具有真实人性和矛盾的角色。这种人性化的缺陷和内心矛盾不仅使角色更加贴近现实，也增加了角色的亲和力和辨识度，更易与观众产生共鸣。

经典影视作品中的角色动机往往与其所处时代的社会背景和文化价值观密切相关，但这些动机在现代社会中可能显得不合时宜。在进行现代化改编时，重新审视和调整角色的动机显得尤为重要。例如，传统角色可能因为家族荣誉或社会地位而采取某些行动，现代化改编可以将这些动机调整为个人成长、自由追求或社会公义等更符合现代价值观的动机。这种调整不仅使角色更具时代感，也更能引发现代观众的情感共鸣。

现代社会的多样性和复杂性要求角色设定更加丰富和多元化。在改编过程中，可以引入不同的社会背景和文化元素，使角色更加贴近现代观众的生活现实。经典作品中的角色可能生活在一个单一的文化背景中，现代化改编可以将他们置于一个多元文化交融的环境中。这不仅能展现出更多的社会议题和人际关系，还能使角色的经历和背景更加多样化，从而吸引更多观众的关注。

三、经典影视作品改编中的情节再创作

（一）情节删减与添加

在经典影视作品的改编过程中，情节的删减与添加不仅影响作品的叙事节奏和观众体验，还决定了改编作品能否在尊重原作品精神的同时，成功吸引现代观众的注意力。

情节删减的主要目的是保持叙事的紧凑性，去除冗余的情节和不必要的细节，使故事更加简洁有力。通过删减原作品中的一些次要情节和角色，改编作品可以更加聚焦于主线故事，提升观众的观看体验。这样的处理不仅缩短了影视作品的时长，还避免了观众因冗长而产生的疲倦感。删减情节时，编剧需要确保删减部分不会影响故事的核心情节和人物关系，因此必须对原作品进行深入分析，识别出辅助性和必不可少的情节。

在进行情节删减的同时，编剧还需要重视改编作品的整体连贯性和逻辑性。为了确保删减的合理性，编剧必须对原作品的结构和内容有充分的理解。合理的情节删减不仅能保持原作品精神，还能使改编作品具备影视剧作所需的紧凑性和流畅性，从而在有限的时间内呈现出更为精练的故事。

情节添加是为了丰富故事内容，增强戏剧性和复杂性。编剧可以根据影视剧作的需要，添加新的情节和事件，以填补原作品中的某些空白或薄弱部分。通过添加情节，观众的兴趣和悬念可以被进一步激发，同时角色的发展会更加深入，揭示更多人物的内心世界和动机。新情节的引入必须与原作品的主题和风格保持一致，以避免造成突兀感或破坏整体的叙事逻辑。

（二）冲突与高潮的重新设计

在经典影视作品的改编过程中，重新设计冲突与高潮，不仅是因为冲突和高潮是故事情节的核心驱动力，还因为它们直接影响观众的情感体验和记忆深度。重新设计冲突与高潮，需要编剧在尊重原作品的基础上，灵活运用现代叙事手法和观众心理，创造出令人耳目一新的观赏体验。

冲突的重新设计需要考虑原作品的核心矛盾和现代观众的情感需求。经典影视作品中的冲突往往具有特定的历史和文化背景，在改编过程中，编剧需要

将这些冲突进行现代化处理，使其更符合现代社会的语境。例如，将古代家族之间的纷争改编为现代企业的竞争，或将传统的爱情障碍转化为现代社会中的代际冲突。这种改编不仅保留了原作品的精髓，还增加了故事的现实感和紧迫感。

高潮的重新设计要求编剧在结构和情感上进行创新。经典影视作品的高潮通常是整部作品的情感和剧情的最高点，重新设计高潮时，需要在保留原作品核心情感的基础上，加入新的元素和转折，增强观众的参与感和惊喜度。例如，通过多线叙事手法，在高潮部分加入多个角色的命运交织，或通过科技手段和特效，创造出更为震撼的视觉效果。这些手法不仅能增强故事的戏剧性，也能提高改编作品的观赏价值。

第三节　影视剧作的创新实践与突破

一、新媒体技术在影视剧作中的应用

（一）数字特效的使用

数字特效已经彻底改变了传统影视制作的格局，它不仅提升了视觉效果的震撼力和细腻度，还为影视剧作的叙事手法提供了更多创新的可能性。近年来，随着计算机图形学和算法技术的进步，数字特效在影视剧作中的应用越来越广泛，成为吸引观众的重要元素。

数字特效能够打破现实世界的限制，创造出超现实的画面和场景。在科幻片和奇幻片中，数字特效能将观众带入一个完全虚构的世界，呈现出异想天开的视觉奇观。通过数字特效，影视制作者可以实现如飞行的超级英雄、逼真的外星生物及宏大的战斗场景等在传统拍摄手段下难以实现的镜头。这不仅让观众体验到前所未有的视听享受，也为影视制作打开了无限的创作空间。

数字特效在影视剧作的叙事节奏和情感表达上发挥着重要作用。通过特效，导演可以更加精准地控制画面的节奏与氛围，增强观众的沉浸感。例如，影片可以在瞬间切换场景，或者在一镜到底的长镜头中实现复杂的动作设计。特效还能强化情感戏的表现力，如运用特效来表现人物的内心世界或回忆片段，使观众更深层次地理解角色的情感状态。这种技术不仅能提升观众的观影体验，还能增加叙事的层次感。

（二）虚拟场景的构建

在影视剧作中，通过计算机生成图像和虚拟现实技术，创作者可以在不受物理空间限制的情况下，创造出丰富多样且逼真细腻的场景。这种技术能够满足观众对视觉效果的高要求，同时实现传统拍摄手段无法完成的复杂场景和对于奇幻世界的构建，使影视剧作在视觉呈现上具备更大的灵活性与创造性。

虚拟场景的构建不仅是技术上的突破，更是剧作创意的重要组成部分。创作者需要在构建虚拟场景时，充分考虑故事情节和人物设定的需求，使虚拟场景与故事情节有机融合。这些虚拟场景必须能够承载和深化剧情，增强观众的沉浸感和代入感。通过精心设计的虚拟场景，创作者可以引导观众进入一个全新的、充满想象力的世界，从而增加故事的吸引力和感染力。

虚拟场景的构建对影视剧作的制作流程产生了深远的影响。传统影视制作需要大量的外景拍摄和场景搭建，耗费大量的人力、物力。虚拟场景的应用则可以大幅度节省这些成本，同时提高制作效率。在前期设计阶段，导演和美术指导可以通过虚拟场景的预览，提前对场景布局、光影效果等进行调整和优化，从而避免实际拍摄中的不确定性和重复劳动。虚拟场景的预制作过程还可以帮助团队更好地进行项目预算和时间管理。

虚拟场景的构建不仅是技术与创意的结合，还需要跨领域的团队合作。技术人员、美术设计师、导演和编剧等各类专业人员都需要紧密协作，共同完成虚拟场景的构建工作。技术人员负责实现场景的技术细节，美术设计师负责场景的视觉效果设计，导演和编剧则需要确保场景能够有效支持和推动故事情节的发展。通过多方合作，虚拟场景能够达到预期的效果，为影视剧作的创新与突破提供坚实的基础。

（三）互动技术的引入

互动技术的引入在影视剧作中代表一种全新的叙事方式，不仅改变了观众的观看体验，更推动了影视作品形式的转变。在传统的影视剧作中，观众通常是被动的接受者；互动技术的引入则使观众成为故事的一部分，甚至可以对剧情的发展产生直接影响。这种互动性为影视剧作打开了新的维度，使故事更具沉浸感和参与感。

　　互动技术的应用可以通过多种形式实现，如选择分支剧情、实时反馈和观众投票等。选择分支剧情允许观众在关键节点上做出选择，从而影响故事的走向。这种形式不仅增加了故事的多样性和可重复观看性，还能够通过数据分析了解观众的偏好，为创作者提供宝贵的参考。实时反馈技术能够让观众在观看过程中即时参与剧情讨论，如通过弹幕、评论和点赞等形式，增强与内容的互动性和即时性。观众投票则是通过观众的投票结果决定剧情的走向或角色的命运。

　　互动技术的引入对编剧提出了新的挑战和要求。编剧不仅需要设计出一个完整的故事框架，还需要考虑不同分支剧情的合理性和连贯性，确保每个选择都能带来逻辑自洽的剧情发展。这要求编剧具备更高的结构化思维能力和多线叙事的能力。此外，互动技术的应用也需要团队协作，包括技术团队的支持和数据分析团队的参与，以确保互动效果的最佳实现。

　　互动技术的应用不仅在叙事层面带来了创新，也在商业模式上创造了新的可能性。通过互动技术，影视作品可以实现更高的用户黏性和商业价值。例如，通过用户数据分析，可以进行精准的广告投放和个性化的内容推荐，从而提升用户体验和商业收益。互动技术还为影视作品的跨平台传播提供了更多的可能性，使影视剧作不局限于传统的银幕和电视屏幕，还可以在移动设备、虚拟现实设备等多种平台上呈现。

二、非线性叙事的创新实践

（一）多线程叙事结构

　　多线程叙事结构是通过多个并行的故事线索来构建影片的整体剧情。这种叙事方式不仅丰富了故事的层次感，还能够展示不同角色的视角与命运交错，从而增强观众的观看体验。多线程叙事通常包括主线与支线的交织——每条线索都具有独特的时间和空间设定，最终在故事高潮或结局时汇合。这种结构挑战了传统的线性叙事模式，要求编剧具备较高的逻辑思维能力和细致的情节安排技巧。

　　多线程叙事的成功运用需要合理安排各条线索之间的关系和交互，确保每条线索都具有独立的叙事价值，同时能互为补充，形成一个有机整体。编剧在设计多线程叙事时，需注意各条线索的节奏控制和衔接，避免因线索过多而造成观众理解困难或情节松散。

多线程叙事结构可以通过不同时间线的交错来增加剧情的复杂性和深度。这种手法通过在不同时空中展开多个情节，使观众在拼凑时间碎片的过程中逐渐理解故事的全貌。这种叙事方式不仅考验编剧的时间调度能力，还需要巧妙地设置悬念和伏笔，以引导观众的注意力与情感投入。

多线程叙事结构在创新实践中的应用，不仅丰富了影视剧作的表达手段，还为编剧提供了更广阔的创作空间。通过多线程的叙事方式，编剧可以探索更多元的主题和更复杂的人物关系，打破传统叙事的束缚，给观众带来耳目一新的观影体验。

（二）时间线的多重跳跃

时间线的多重跳跃是通过在时间轴上的自由转换，打破传统线性时间叙事的束缚，为观众提供独特的观影体验。这种叙事手法不仅能够增加故事的复杂性和深度，还能在一定程度上增强观众的参与感和注意力。通过多重时间线的交错和跳跃，创作者能够更灵活地构建和呈现角色的命运、事件的因果关系及其背后的深层次主题。

在影视剧作中，时间线的多重跳跃可以通过多种方式来实现。倒叙和插叙是常见的方法，通过将过去、现在与未来交织在一起，形成多重时间线。这种叙事方式不仅为故事增添了悬疑和紧张感，还使观众在不断拼凑时间线的过程中获得一种解谜的乐趣。

时间线的多重跳跃能更好地展现角色的内心世界和成长轨迹。这种叙事方式使观众在跟随时间线跳跃的过程中，逐步深入理解角色的动机和情感。多重时间线还为创作者提供了更多的叙事空间，可以在不同时间点上埋下伏笔和暗示，以增强剧情的层次感与连贯性。

时间线的多重跳跃能打破观众对时间的固有认知，创造出富有想象力和实验性的叙事结构。这种叙事手法不仅挑战了观众的思维极限，还使故事的叙述更加具有哲理性和艺术性。

三、影视剧作中虚拟现实与增强现实技术的应用

（一）虚拟现实技术的实现

虚拟现实技术通过计算机生成三维环境，使观众沉浸在虚拟世界中，产生

身临其境的感受。影视创作者利用虚拟现实技术，可以构建出更加逼真的场景，从而增强观众的感官体验。例如，借助虚拟现实技术，可以还原历史场景、创建科幻世界或模拟未来环境，从而极大丰富影视剧作的表现力和感染力。

实现虚拟现实技术的关键在于硬件和软件的协同发展。硬件方面，虚拟现实头盔、传感器、手柄等设备的不断升级，使虚拟现实技术的体验效果更加真实和自然。软件方面，图形处理技术、交互设计及虚拟场景的构建技术也在不断进步。影视创作者必须紧跟技术前沿，了解并掌握最新的虚拟现实技术，以便在创作中有效应用这些技术，提升作品的艺术价值和市场竞争力。

在具体的影视剧创作中，虚拟现实技术的应用需要经过精心的策划和设计。编剧和导演需要明确虚拟现实技术在剧作中的功能定位是用于增强叙事效果，还是用于营造特定的氛围。技术团队则需要根据剧本需求，设计出相应的虚拟场景，并通过编程和建模等手段来实现。不断地测试和调整，可以确保虚拟现实技术的应用能够达到预期的效果，给观众带来独特的观影体验。

虚拟现实技术在影视剧作中的应用，要求影视创作者具备跨学科的知识和技能，不仅具有扎实的剧作基础，还了解计算机技术、视觉艺术和交互设计等多方面的知识。通过虚拟现实技术的实现，影视创作者可以突破传统创作的限制，探索更多可能性，开创出更加丰富多样的影视作品。

（二）增强现实技术的互动体验

增强现实技术在影视剧作中的应用，不仅改变了传统的观影方式，还为观众提供了前所未有的互动体验。通过将虚拟元素与现实场景无缝结合，增强现实技术使观众不再是被动的观影者，而是故事情节的一部分。观众可以通过移动设备或增强现实眼镜，在现实生活中看到电影中的虚拟角色或场景，仿佛电影中的世界是真实存在的。这种互动体验极大增强了观众的沉浸感，同时给影视剧作带来了更丰富的创作可能性。

在增强现实技术的互动体验中，观众的参与度和互动性是关键所在。传统的影视作品通常是单向的传播媒介，增强现实技术则赋予观众双向互动的能力。例如，在一部科幻电影中，观众通过增强现实设备参与主角的冒险，与虚拟的外星生物互动，甚至影响剧情的发展。这种互动不仅提高了观众的参与感，还增加了影视作品的趣味性和新鲜感，吸引了更多的观众群体。

增强现实技术的应用给影视剧作带来了新的叙事手法和表现形式。通过增强现实技术，影视创作者可以突破屏幕的限制，将故事情节扩展到现实世界中。

例如，一部关于古代历史的电影可以通过增强现实技术将观众带回到千年前的战场，让他们亲身体验历史事件的发生过程。这种沉浸式的体验不仅能够增强观众的历史感知，还可以通过互动的方式，增加观众对历史知识的兴趣和理解。

（三）虚拟现实技术与增强现实技术对叙事的影响

1. 改变影视剧作的叙事方式

虚拟现实技术和增强现实技术的应用，不仅为观众提供了前所未有的沉浸式体验，还拓展了叙事的空间和手段，使传统的线性叙事模式得到突破。通过虚拟现实技术，观众能够以第一人称视角身临其境地体验故事情节，这种高度互动的方式使观众成为故事的一部分。相较于传统的观影体验，虚拟现实技术赋予观众更多的主动权，他们可以自由地探索虚拟世界中的各个角落，从而获得更为丰富和多元的叙事体验。

2. 带来新的叙事层次

在现实世界中叠加虚拟元素的增强现实技术给影视剧作带来了新的叙事层次。通过增强现实技术的应用，虚拟角色、场景和物品可以在现实环境中呈现，叙事变得更具互动性和现实感。例如，在一部悬疑剧中，观众可以通过增强现实技术在现实中找到线索，从而解开谜题。这种叙事方式不仅增强了故事的代入感，还激发了观众的参与热情，增加了剧情的复杂性与趣味性。

3. 改变影视剧作的视听语言

传统的镜头语言和剪辑手法在虚拟现实环境中需要重新调整，以适应观众的全景视角和交互需求。导演和编剧需要在叙事过程中考虑观众的视线方向与互动方式，设计出更为立体和多维的叙事结构。这样的技术创新要求创作者具备全新的思维方式和创作技能，从而推动整个行业的进步与发展。

参考文献

[1] 侯翰琳.影视艺术视听语言与美学研究[M].长春:吉林人民出版社,2023.

[2] 张民.电影剧作精读教程[M].北京:高等教育出版社,2022.

[3] 范志忠,许涵之.影视编剧[M].北京:中国传媒大学出版社,2021.

[4] 李文馨,李红冉,韦思哲.影视艺术欣赏[M].武汉:华中科技大学出版社,2023.

[5] 杨成.影视动画剧本创作[M].杭州:浙江大学出版社,2020.

[6] 尧玮,王爽.影视与文化[M].武汉:武汉理工大学出版社,2023.

[7] 秦宗财,张书端,周钰椥.数字影视传播教程[M].合肥:中国科学技术大学出版社,2022.

[8] 罗朋,郭梅.影视艺术通识[M].北京:中国国际广播出版社,2022.

[9] 周星,王赟姝,陈亦水.影视艺术实践[M].北京:中国国际广播出版社,2022.

[10] 邵雯艳.新影视艺术基础[M].苏州:苏州大学出版社,2021.

[11] 焦素娥,陈长旭,田华.影视文化前沿[M].北京:中国国际广播出版社,2023.

[12] 许乐.科幻影视文化研究[M].北京:光明日报出版社,2023.

[13] 毛美娜.影视音乐美学赏析[M].北京:中国戏剧出版社,2023.

[14] 张斌.新媒体影视创作[M].北京:中国传媒大学出版社,2023.